La memoria

727

DELLO STESSO AUTORE

La stagione della caccia
Il birraio di Preston
Un filo di fumo
La bolla di componenda
La strage dimenticata
Il gioco della mosca
La concessione del telefono
Il corso delle cose
Il re di Girgenti
La presa di Macallè
Privo di titolo
Le pecore e il pastore

LE INDAGINI DEL COMMISSARIO MONTALBANO

La forma dell'acqua
Il cane di terracotta
Il ladro di merendine
La voce del violino
La gita a Tindari
L'odore della notte
Il giro di boa
La pazienza del ragno
La luna di carta
La vampa d'agosto
Le ali della sfinge
La pista di sabbia

Andrea Camilleri

Maruzza Musumeci

Sellerio editore
Palermo

2007 © *Sellerio editore via Siracusa 50 Palermo*
   e-mail: info@sellerio.it
   www.sellerio.it
2007 *ottobre seconda edizione*

Camilleri, Andrea <1925>

Maruzza Musumeci / Andrea Camilleri. - Palermo : Sellerio, 2007.
(La memoria ; 727)
EAN 978-88-389-2248-0
853.914 CDD-21

CIP - *Biblioteca centrale della Regione siciliana «Alberto Bombace»*

Maruzza Musumeci

1
Gnazio torna a Vigàta

Gnazio Manisco ricomparse a Vigàta il tri di ghinnaro del milli e ottocento e novantacinco, che era oramà quarantacinchino, e in paìsi nisciuno sapiva cchiù chi era e lui stisso non accanosceva cchiù a nisciuno doppo vinticinco anni passati nella Merica.

Fino a che era squasi vintino aviva travagliato come stascionale spostannosi, con sò matri e la comarca dei bracianti, di campagna in campagna indove che c'era ora da fari la rimunna degli àrboli, ora da cogliere le mennuli o le aulive, le fave o i piseddri, e ora da pigliari parte alla vinnemmia.

Di sò patri non sapiva nenti di nenti, fatta cizzione che si chiamava Cola, che sinni era ghiuto nella Merica che lui era ancora dintra alla panza di sò matri e che non aviva dato cchiù notizie, né tinte né bone. Allura sò matri si era vinnuta la bitazione che avivano in paìsi, fatta di una sola cammareddra, tanto i bracianti non hanno di bisogno di un tetto, dormono al sireno, allo stiddrato, e se chiovi s'ariparano sutta all'àrboli, e il dinaro se l'era mittuto dintra a un fazzoletto ammucciato nella pettorina. Alla fine di ogni simanata, tirava fora il fazzoletto e ci 'nfilava dintra quella parte dei dinari della paga che era arrinisciuta a sparagnare.

La squatra dei bracianti alla quale appartinivano Gnazio e sò matri, pirchì Gnazio aviva pigliato a travagliare a cinco anni per un quarto di paga, era cumannata da zù Japico Prestia che chiamava a tutti pidocchi. A setti anni, sintennosi chiamare pidocchio, Gnazio s'arribbillò.

«Vossia, zù Japico, m'avi a chiamari Gnazio, io non sugnu un pidocchio».

«Ti senti offiso se ti chiamo accussì?».

«Sissi».

«E sbagli. Stasira te lo spiego».

Quanno che ne aviva gana, lo zù Japico, finito il travaglio e prima che faciva notte, si mittiva a contar storie e tutti stavano ad ascutarlo. Perciò quella sira contò la storia di Noè e del pidocchio.

«Quanno che lu Signuri Dio si stuffò di l'òmini che si facivano sempri la guerra e si scannavano in continuazione, addecise di scancillarli dalla facci di la terra facenno viniri lo sdilluvio universali. E di chista 'ntinzioni ne parlò con Noè che era l'unico omo onesto e bono che c'era. Ma Noè gli fici notari che, 'nzemmula all'òmini, sarebbero macari morte tutte le vestie che non ci avivano colpa per lo sdegno del Signuri. Allura lu Signuri gli disse di flabbicare una varca di ligno, chiamata arca, e di faricci trasire dintra una coppia, mascolo e fìmmina, di tutti gli armàli. Accussì l'arca avrebbe galleggiato e doppo, passato lo sdilluvio, l'armàli avrebbero potuto figliare. Noè arriniscì a farisi dare il primisso di portarisi nell'arca macari a sò mogliere e ai sò tri figli e po' spiò al Signuri come avrebbe potuto avvertire tutti l'armàli del munno. Lu Signuri disse che ci avrebbe pinsato lui. 'Nzumma, a farla brevi, quanno tutti l'armàli trasero, principiò lo sdilluvio. Doppo tri jorni, una notti che tutti durmivano, Noè sintì una vociuzza vicina all'oricchio:

«"Patriarca Noè! Patriarca Noè!"».

«"Cu è?"».

«"Siamo dù pidocchi, marito e mogliere"».

«Pidocchi? E che erano? Mai Noè li aviva sintito nominare.

«"E indove state che non vi vedo?"».

«"Supra la tò testa, in mezzo a li tò capilli"».

«"E che ci fate?"».

«"Patriarca, lu Signuri Dio si scordò d'avvertiri macari a nui dello sdilluvio. Ma nui l'abbiamo saputo l'istisso e ci siamo arrampicati supra di tia"».

«"E di che campate, pidocchi?"».

«"Campiamo della lordìa che c'è nella testa dell'omo"».

«"Qua potiti morire di famì! Io mi lavo i capilli ogni jorno!"».

«"Eh, no, Patriarca! Tu ti pigliasti l'impegno di sarbari tutti l'armàli! Nui abbiamo diritto a nutricarci come le altre vestie! Eppierciò tu ora e fino a quanno che dura lo sdilluvio, non ti lavi cchiù!"».

«E lo sapiti, gente mia, pirchì lu Signuri Dio si era scordato d'avvirtiri i pidocchi? Pirchì i pidocchi sunno come i bracianti stascionali, che macari Dio si scorda che esistino».

Fu quanno sintì il cunto di zù Japico che Gnazio giurò che appena potiva cangiava misteri.

Aviva diciannovanni quanno sò matri morse pirchì nisciuno le seppe dari adenzia doppo una muzzicata di vìpira. Dintra al fazzoletto indove sò matri tiniva i risparmi ci attrovò tanto dinaro che manco se l'aspittava e allura addecise di partiri macari lui per la Merica.

Ma come si faciva ad arrivare nella Merica che era all'altra parti di lu munno? Addimannò spiegazioni a un sò cuscino, Tano Fradella, che aviva già fatto le carti ed era pronto per la partenza.

«Che ci voli?».

«In primisi, il passaporto».

«E che è?».

Tano glielo spiegò. E gli disse macari che, per avirlo, doviva fari la dimanna al diligato di Vigàta. E Gnazio s'appresentò al diligato.

«Che vuoi?».

«Vogliu farimi nesciri le carti per ghiri nella Merica».

«Come ti chiami?».

Gnazio glielo disse.

«Quando sei nato?».

Gnazio glielo disse.

«Come si chiamano i tuoi genitori?».

Gnazio glielo disse.

E gli disse macari che sò matri era morta e che non sapiva se sò patri era ancora vivo o era morto nella Merica.

«E tu vorresti andare a trovarlo in America?».

«Ma se non saccio manco com'è fatto!».

Il diligato allura taliò 'na poco di fogli che aviva supra il tavolino e po' chiamò:

«Blandino!».

«Agli ordini» fici, trasenno, uno in divisa di guardio.

«Mettigli le manette».

«E pirchì?» spiò Gnazio strammato.

«Renitente alla leva» disse il diligato.

«E che è, 'sta leva?».

«Devi andare a fare il militare».

«A mia nisciuno mi disse nenti».

«C'erano i manifesti di chiamata alle armi».

«Ma io non saccio né leggiri né scriviri».

«Te lo facevi leggere da un altro».

Stetti cinco jorni carzarato. A la matina del sesto jorno lo portaro a Montelusa in un posto chiamato distritto militario. Lo ficiro spogliare nudo che lui s'affruntava e si tiniva le mano davanti alle vrigogne e uno col cammisi bianco doppo avirlo visitato di davanti e di darrè disse:

«Abile».

Allura si fici avanti uno vistuto da militario marinaro con la facci di carogna che gli fici:

«Attenti!».

Che viniva a significari? Gnazio si taliò torno torno, non vitti nisciun periglio e gli spiò:

«Scusasse, ma pirchì devo stari attento?».

L'altro si misi a fari voci che pariva nisciuto pazzo.

«Facciamo gli spiritosi, eh? Ma te lo faccio passare io lo spirito di patata! Vai a metterti con quelli là!».

E gli fece 'nzinga verso una decina di picciotti come a lui. Gnazio ci annò.

«Domani stisso c'imbarcano» fici uno.

«E pirchì c'imbarcano?» spiò Gnazio.

«Pirchì a noi ci tocca di fare i marinari».

'Mbarcarisi? Irisinni mari mari? 'N mezzo a li timpesti? 'N mezzo a li cavalloni cchiù àvuti di una casa a tri piani? Nel mari indove che ci sono pullipi granni quanto 'na carrozza che t'afferrano e ti tirano sutta facennoti annigari? 'Nzamà Signuri! Propio a lui ci attoccava di fari il marinaro, a lui che il mari non lo voliva vidiri manco stampato! Si misi a fari voci alla dispirata:

«Marinaro no! Lu mari no! P'amuri di lu Signuruzzu! Marinaro no!».

E tanto fici e tanto stripitò che lo passaro a sordato di terra.

Da militario, se la passò bona. Lo mannarono a Cuneo e doppo quattro jorni un sirgente addimannò se c'era qualichiduno che sapiva potare l'àrboli. Gnazio capì sulo la parola àrboli e spiò:

«Che viene a dire potare?».

Il sirgente glielo spiegò. Arrimunnari, chisto viniva a diri potare.

«Io saccio come si fa» disse.

Il jorno appresso s'attrovò a travagliare in un pezzo di tirreno di proprietà del colonnello Vidusso, un gran galantomo che fici in modo di fargli fari una ferma brevi e abbadò lui stisso a fargli nesciri le carti per la partenza. 'Nzumma, s'imbarcò che aviva appena passato la vintina.

Per tutto il viaggio, sinni stetti dintra alla stiva del papore, 'n mezzo al feto di l'altri migranti che c'era genti che si cacava e si pisciava nei cazùna e genti che vommitava di continuo, ma non acchianò mai supra il ponte, il mari gli faciva tanto scanto a sintirlo torno torno a lui, che aviva sempre il trimolizzo come per la fevri terzana.

A Novaiorca annò a trovari a Tano Fradella che faciva il muratore, datosi che in quella citate non c'erano campagne vicine. Macari lui pigliò a fari il muratore.

Ma che minchia di palazzi flabbicavano nella Merica? Àvuti àvuti, ma accussì àvuti che a uno ci pigliava la virtigini quanno s'attrovava a travagliare al trentesimo piano e arrischiava di annare a catafuttirisi abbascio. Però, quanno caminava citate citate, Gnazio vidiva àrboli assà e tanti belli jardini.

«Ma cu ci abbada all'àrboli e ai jardini?» spiò un jorno a Tano Fradella.

«Quelli che ci abbadano è genti pagata dal municipio di Novaiorca».

«E unn'è stu municipiu?».

«Talè, Gnazio, a tia non ti pigliano».

«E pirchì?».

«In primisi pirchì tu non sai né leggiri né scriviri. E in secundisi pirchì non accanosci la parlata miricana».

15

Il jorno appresso, che era duminica, un paisano gli spiegò che a Muttistrit, propio vicino a indove che abitavano lui e Tano, ci stava 'na maestra, la signorina Consolina Caruso, che dava lezioni 'n casa. Lo stisso jorno Gnazio s'appresentò alla signorina Consolina che era sittantina, sicca, con una facci che pariva 'na crozza con l'occhiali, 'ntipatica. Si misiro d'accordo supra i sordi e l'orario. La maestra gli faciva scola, ogni sira dall'otto alli novi, 'nzemmula a un picciliddro di setti anni che 'mparava cchiù lesto di lui e arridiva quanno lui sbagliava.

'Nzumma, 'n capo a tri anni di scola, Gnazio scrissi la dimanna a lu municipio, la dimanna vinni accettata, lo portaro in un jardino, lo vittiro travagliare e una simanata appresso se lo pigliaro come jardineri.

Non è che pagavano assà, ma bastevolmente e po' erano sordi sicuri.

Fu accussì che 'na poco di fìmmine anziane di Broccolino principiaro con le mezze paroli:

«Gnazio, sarebbi che sarebbi l'ora di pinsari a fariti famiglia».

«Ma tu, Gnazio, non ci pensi a maritariti?».

E appresso passaro a fari nomi:

«Ci sarebbi che c'è una picciotteddra bona, la figlia di Minicu Schillaci...».

«Ti voglio fari accanoscere a Ninetta Lomascolo che è propio 'na picciotta d'oro...».

Ma lui faciva una risateddra e non arrisponneva nenti.

Maritarisi nella Merica assignificava moriri nella Merica e lui nella Merica non ci voliva moriri, lui voliva moriri nella sò terra, chiuiri l'occhi per sempri davanti a un aulivo saraceno.

Quanno gli capitava di accomenzare a sintiri gana di fìmmina, che era picciotto di sangue càvudo, lo diciva a Tano Fradella che nelle facenne fimminische era sperto. Quello nisciva di la casa e doppo un'orata sinni tornava con dù picciotte tanto beddre che ci volivano occhi per taliarle.

Una matina che ancora faciva scuro, che tornava dalla veglia per la signorina Consolina che era morta, mischina, da dintra a un portone niscì un vecchio laido e lordo, col sciato che fitiva tanto di vino che uno si 'mbriacava al sulo stargli vicino, e l'agguantò per i risvolti della giacchetta.

«Talè, paisà, pagami un bicchireddro» fici con voci lamentiosa.

«Ma non hai vivuto bastevolmente? Sei già 'mbriaco di prima matina!» replicò Gnazio circanno di levargli le mano dalla giacchetta.

«E a tia chi tinni futti si sugnu 'mbriaco?».

Forsi fu per come si stavano parlanno, per la calata che davano alle palori, che si fermarono e si taliarono.

«D'unni sì?» spiò il vecchio.

«Di Vigàta. E tu?».

«Puro io. Comu ti chiami?».

«Gnazio. E tu?».

«Cola. Cola Manisco. Allura? Mi lo paghi o no 'stu bicchireddro?».

17

«No» disse Gnazio dandogli un ammuttuni che mannò a sò patri a sbattiri contro il muro.

E non si votò quanno il vecchio accomenzò a fare voci dicenno che lui era un garruso e un figlio di troia. E della facenna non ne parlò con nisciuno, manco con Tano Fradella.

E macari di un'altra facenna non parlò con nisciuno.

Sapiva che a Broccolino c'erano pirsone per le quali, pirsone 'ntise, pirsone di conseguenzia, 'nzumma mafiosi di rispetto, ma lui con questa genti non aviva mai voluto spartirci il pane.

Un jorno, che era propio il jorno che faciva quarantaquattro anni, uno di chisti, che s'acchiamava Jack Tortorici, lo chiamò sparte mentri che era dintra a uno storo a vivirisi tanticchia di vino e gli fici una parlata.

«L'amici e io avissimo abbisogno di un favore».

«Se pozzo...».

«Potiti, potiti. Voi travagliate al Lincoln Parchi?».

«Sì».

«L'aviti presenti quella parte del parchi che si tocca con la trentotto strit?».

«Sì».

«Ci sono una vintina di àrboli, ve l'arricordate?».

«Certo».

«Ci abbasta che vui ne faciti moriri una decina. All'altra decina ci pensa n'altra pirsona».

«Farli moriri? E pirchì??».

«Pirchì accussì ci possono flabbicare palazzi».

«E comu si fanno moriri?».

«Col vileno che vi diamo noi. È liquito, basta vagnare la terra indove che ci stanno le radici. Tempo tri misi...».

Gnazio aggiarniò.

«Aviti sbagliato pirsona. Io non ammazzo né cristiani né àrboli».

Tortorici lo taliò, non disse nenti, voltò le spalli e sinni annò.

Tri jorni appresso lo mannarono a travagliare propio al Lincoln Parchi, a dari il cangio a un rlandisi che di nome faciva O'Connor.

Quanno arrivò il rlandisi stava scinnenno da un pino àvuto una trentina di metri e gli disse che ristavano da arrimunnari li rami cchiù vicini alla cima.

Ma Gnazio non acchianò subito supra all'àrbolo. Siccome che O'Connor aviva lassato i rami tagliati alla sanfasò, Gnazio li pigliò, e ne fici 'na catasta bella e ordinata propio sutta al pino. Doppo s'imbracò e acchianò. Quanno fu arrivato all'altizza dei rami che doviva potare, si livò la 'mbracatura e s'affirrò al ramo che c'era supra alla sò testa. Fu un attimo, il ramo fici crac, Gnazio in un vidiri e svidiri notò che era stato tagliato in modo tali da non reggiri al sò piso, pinsò che certamenti era stato O'Connor, e cadì. La fortuna sò fu che annò a finiri supra alla catasta di rami che lui stisso aviva fatta, masannò sicuramenti ci lassava la pelli.

Inveci si rumpì sulo una gamma.

Quanno niscì dallo spitale, il medico gli disse che avrebbe zoppichiato per tutto il tempo che gli restava di campare.

Ma quanto gli restava di campare? Questo era il busillisi.

Sicuramenti Jack Tortorici ci avrebbe riprovato, visto che la prima volta non era arrinisciuto a farlo ammazzare.

Non potivano lassarlo vivo, si scantavano che parlava. Dovivano per forza ammazzarlo, non c'erano santi.

Accussì addecise di annare a licenziarisi e cangiare aria. Il capo dell'ufficio, che era un napulitano che si chiamava De Francisco, gli disse che gli addispiaciva, che era stato un bravo faticatore, e come la mettiamo coi sordi?

«Quali sordi?».

«Ohè, guagliò, scetate! Quelli che ti spettano dall'assicurazione».

Gnazio strammò, non ci aviva pinsato.

«Davero? E quanto m'attocca?».

«'Na cofana di dollari, guagliò».

Annò di cursa alla casa, fici la baligia, lassò un biglietto a Tano dicennogli che sinni tornava a Vigàta e si pigliò una càmmara in una locanna fora di Broccolino.

Dù misi appresso, appena l'assicurazione gli mannò 'na cofana di dollari come aviva ditto 'u napulitano, s'imbarcò, sinni stetti sempri nella gabina che dividiva con altre tri pirsone, per tutto il viaggio non chiuì occhio vuoi per la rumorata del mari che lo faciva sudare di spavento vuoi pirchì, carrico di dollari com'era, si scantava che qualichiduno, mentri che durmiva, glieli potiva arrubbare.

A Vigàta alloggiò nella casa di un lontano parenti, Sciaverio, che gli affittò 'na càmmara. Siccome che il pavimento della càmmara era di terra battuta, Gnazio, di notti, e circannu di non fari rumorata, scavò una fossa sutta ai trìspita del letto e ci ammucciò i dollari.

Accomenzò a fari corriri la voci che si voliva accattare tanticchia di terra. Po', cerca ca ti cerca, vinni a sapiri che c'erano in vendita deci sarme in contrata Ninfa e che il prezzo era bono assà.

Appena vitti indove era situato il tirreno, ci morse il cori.

Contrata Ninfa era 'na speci di punta di terra che s'infilava nel mari come la prua di un papore e le deci sarme in vendita erano propio quella punta, sicché il mari stava torno torno per tri latate, solo una latata confinava con altra terra. Anzi, con una trazzera. Ma in questa latata di parte di terra ci stava un aulivo saraceno che la genti diciva che aviva cchiù di milli anni. L'àrbolo giusto per moriri taliannolo.

E fu l'aulivo a persuadiri alla fine Gnazio ad accattarisi il tirreno.

Ma c'era una cosa stramma. Le deci sarme erano abbannunate da tempo assà, erano tutte chine di troffe d'erba sarbaggia e l'àrboli di mennuli che ancora c'erano stintavano a mantinirisi in vita, sicchi, arsi e malannati.

Però la terra era bona, Gnazio l'aviva assaggiata parmo a parmo portannosi appresso un sciasco di vino. A ogni passo si calava, pigliava 'na pizzicata di terra tra il pollice e l'indice e se la mittiva supra la lingua sintennone il sapore. Che non doviva essiri né troppo amaro né troppo salato, né troppo duci né troppo alliccato, e non sapiri di troppa arsura o di troppa friscura.

«Lu sapuri di la terra ricca e fina / è lu stissu di la natura fimminina» aviva sintuto diri a zù Japico quanno ancora faciva lo stascionale. Po' si viviva un muccuni di vino per sciacquarisi la vucca, faciva un passo e si calava novamenti per un'altra pizzicata.

Ma se la terra era accussì bona, pirchì nisciuno se l'era accattata doppo tanti anni e a malgrado che il prezzo era vascio? Lo spiò al sinsale.

«Boh» fici quello taliannosi la punta delle scarpe.

«Ma voi lo doviti sapiri!» 'nsistì Gnazio.

«Nenti saccio».

«E allura io la terra non me l'accatto!».

«Va beni, va beni» fici il sinsale che non voliva perdiri la percentuale. «Pari che una sissantina d'anni passati, Cicco Alletto, che si aviva accattato 'sti deci sarme dal barone Agnello, siccome che aviva fatto tardo a travagliare, arristò a dormiri dintra a un pagliaro».

«Embè?».

«A un certu punto s'arrisbigliò. Aviva sintuto lamentiarisi».

«E cu era?».

«Boh. Fattu sta che doppo quella notti niscì pazzu».

Era chiaro che il sinsale la storia la sapiva, ma non gliela voliva contare giusta.

«E ora la terra di cu è?».

«Di un nipoti di un nipoti di Cicco Alletto che si chiama Cicco Alletto».

«Ci vorria parlari».

«Ma sta a Palermo!».

Gnazio accapì che quello gli stava dicenno 'na farfantaria, ma addecise di lassari perdiri.

«Vabbè, affari fatto» disse pruienno la mano al sinsale.

2
La casa di Gnazio

Per prima cosa si flabbicò, mittenno a partito l'arti di muratore 'mparata nella Merica, 'na casuzza di petra 'ntonacata di bianco, precisa 'ntifica a un dado di tri metri per lato e di tri metri d'altizza. Il dado dava le spalli al mari, in quanto che la porta di trasuta stava precisa a deci passi davanti all'aulivo. Allato alla porta, ad altizza d'omo, c'era 'na finistruzza di trenta centimetri per trenta centimetri per aviri tanticchia di luci quanno la porta era chiusa. La casuzza non aviva altre aperture, fatta cizzione d'una speci di ciminera di un metro, che invece d'attrovarsi in verticale supra al tetto come tutte le ciminere, era allocata in orizzontale proprio sutta alle canala del tetto e a pirpinnicolo supra la porta. Sirviva a fari passari l'aria. Po' si fici vinniri uno sciccareddro e ci trasportò la robba accattata a Vigàta: le trìspita di ferro e le tavole di ligno per il letto, un matarazzo, un tavolineddro, dù seggie, una giarra granni, dù quartare, dù bummuli, uno stipiceddro di ligno da chiantare al muro, dù piatti, dù bicchiera, le posati, 'na pignata, un taganeddro per farisi un ovo fritto.

Dintra alla càmmara, in un angolo, si flabbicò un cufularo di petra, tanto ligna da abbrusciari non ne ammancava. L'acqua si l'annava a pigliari con le dù quartare assistimate ai scianchi dello sciccareddro da un pozzo che c'era allato alla trazzera a meno di deci minuti di camino. Faciva dù viaggi ogni tri jorni: col primo inchiva la giarra svacantandoci dintra le quartare, il secunno sirviva a tiniri chine le quartare stisse.

Un viaggio speciali lo fici quanno annò ad accattarisi una vutti di cinquanta litra di vino. Siccome che la vutti dintra alla cammaruzza pigliava troppo spazio, la misi suspisa supra al letto, tinuta da tri sbarri di ferro chiantati nel muro. L'assistimò in modo che la matina, se ne aviva gana, bastava susirisi a mezzo, allungare il vrazzo, girare lo scanneddro della vutti e raprire la vucca che il vino ci andava a trasire direttamente nel cannarozzo.

Appresso, flabbicò un'altra cammaruzza di tri metri per tri, la staddra, a una decina di passi da quella indove stava lui e ci mise dintra lo sciccareddro. Macari nella staddra ci flabbicò la stissa ciminera per l'aria. C'era largo bastevole per un'altra vestia, la mula che gli abbisognava.

Attaccato al muro di fora della staddra, ci flabbicò un recinto diviso in tri parti, una per le gaddrine, una per le crape e una per i cunigli che annò subito ad accattarisi.

Appresso, susennosi alle quattro del matino e finenno alle otto di sira, puliziò le deci sarme da tutte le erbazze serbagge e, siccome era vinuto il tempo giusto, arrimunnò l'àrboli di mennuli.

E l'àrboli, che parsero di subito come sanati doppo 'na longa malatia, non persero tempo a ringraziarlo accomenzanno a mettiri foglie nove.

Appresso ancora, s'accattò la mula e ci impaiò l'aratro.

E macari questo fu un travaglio da rumpiri l'ossa, la terra, doppo tanti anni che nisciuno le dava adenzia, era addivintata accussì dura che la lama faticava a trasiricci dintra. Quanno finì, che il tirreno da grigio era addivintato colori marrò, sinni stetti 'na jornata intera a caminare timpe timpe a testa vascia per non vidiri il mari, arricrianosi al sciauro di frisco e di pulito che la terra gli mannava nelle nasche.

Dalla matina alla sira stette a caminare, pirchì il sciauro della terra cangiava via via che le ore passavano, la matina alle sett'arbe pariva aviri lo stisso odori di quanno uno metti la testa dintra a un pozzo e senti profumo d'acqua e di lippo, a mezzojorno, sutta al soli, accomenzava a pigliare lo stisso sciauro del pani appena nisciuto dal forno, quanno principiava a fari scuro la terra si profumava di gersomino e di zagara, macari se non c'erano chiante di gersomino e àrboli d'aranci o di limoni nelle vicinanze.

Ogni sabato, con lo sciccareddro, si partiva per Vigàta per fari le proviste.

S'accattava sette scanate di pane frisco, una chilata di aulive sottoglio, una forma di tumazzo, 'na mezza chilata di carni, dù pacchi di pasta, dù chila di pumadoro, frutti di stascione.

Pisci, mai. Sapivano di mari.

Di jorno, dato che travagliava, mangiava ora pane e tu-

26

mazzo, ora pane e aulive, ora pane e un ovo duro. Si portava appresso un bummolo che gli tiniva l'acqua frisca.

La sira, inveci, cucinava. Si faciva la pasta e s'arrostiva la carni supra al foco. Ma si l'annava a mangiari assittato supra a una petra chiatta e commoda misa sutta all'aulivo. Se c'era troppo scuro, addrumava una lampa da carritteri che aviva appisa a un ramo dell'àrbolo.

Siminò il frumento, trapiantò una cinquantina d'àrboli di mennuli, una decina murero, ma l'altri pigliarono bono, siminò macari mennuli amare accussì li surci non se le mangiavano. Le avrebbe 'nnistate a mennuli duci o ad àrboli di frutto appena sarebbero crisciuti bastevolmente. Il tempo fu giusto. Comu dicivano i patri antichi? «Acqua e ventu fa lu frumentu». E infatti chiovì a tempo debito e a giugno inveci non cadì manco una guccia, pirchì, come si sa, «acqua di giugnu ruvina lu munnu».

'Nzumma, 'n capo a un anno di travaglio pisanti, le deci sarme non s'arriconoscevano cchiù.

Le spiche erano vinute accussì àvute che non facivano vidiri il mari.

Gnazio tagliò cinco pezzi di canna e se l'infilò nelle jita della mano mancina, con altri pezzi di canna cchiù longhi si fici una speci di gammali alla gamma mancina. Accussì la mano e la gamma che potivano essiri firute da qualichi colpo di falci sbagliato erano protette. Po' si misi a circari la pelli trasparenti che i serpenti lassano quanno fanno la muta, ne attrovò dù che 'nfilò dintra a un sacchetto che si misi alla cintura.

Un pezzo di quella pelli di scorsone, miso supra a una firuta, attagnava immediatamente il sangue.

Si misi a falciare il frumento e alla fine della jornata pigliava i cuvuna di spiche e li assistimava torno torno a uno spiazzo vicino alla staddra.

Siccome che vintuliava spisso dalla parti di terra, lassò libera dai cuvuna quella parti che era cchiù sottovento. Quanno finì di falciare, con la furca pigliò 'na poco di cuvuna, li sciogli dalla raffia che li tiniva legati e con la furca stissa li sparpagliò a cummigliare tutto lo spiazzo. Appresso pigliò la mula e tirannola con le retini, principiò a farla girare torno torno, giri ora larghi ora stritti, in modo che li pedi della vestia, scrafazzanno le spiche, facivano viniri fora i grani di frumento. E intanto cantava 'na canzuni che aviva sintuto quanno faciva il braciante stascionale.

Gira mula, mula gira,
a matina e alla sira,
gira tu ca giro iu,
accussì ca voli Diu.
'Stu travagliu fa lu pani
pi li santi cristiani,
ogni passu 'na scanata,
biniditta la jornata.

Quanno tutte le spiche vinniro travagliate accussì, Gnazio aspittò una jornata di ventu di terra e accomenzò a spagliare. Faciva una palata di grani di frumento e paglia e la ghittava in aria. Il vento si portava via la pula che era cchiù leggia e lassava invece ricadiri 'n terra i grani. Alla fine, inchì quaranta sacchi di frumento biunno, granni, duro.

Annò allo scagno di Cosimo Lauricella portandogli un sacchiteddro di frumento a prova. Cosimo approvò, si complimentò, disse 'na cifra.

Gnazio ne disse un'altra. Si misiro d'accordo. Gnazio si misi 'n sacchetta la prima munita che guadagnava con la terra sò.

All'indomani arrivarono dù carretti per caricare i sacchi.

La sira, mangianno sutta all'aulivo, Gnazio Manisco pinsò che aviva quarantasetti anni e che ora potiva finalmenti pigliarisi 'na mogliere.

Addecise di parlarinni alla gnà Pina appena che la vidiva passare dalla trazzera.

La gnà Pina, sittantina, giarna comu la morti, sicca, portava sempri lu stissu vistito che una vota era stato nìvuro e ora tirava al virdigno, uno sciallì granni che le arrivava ai pedi e 'n testa, a cummigliari i capilli bianchi, un fazzulittuni colori cacata di cani malato. Supra le spalli, aviva sempri un sacco chino chino d'erbe. Si partiva a pedi da Gallotta, che era 'n cima a una muntagna, la matina che il soli non era ancora spuntato e s'abbiava verso Vigàta indove annava a trovari parrocciani vecchi e novi. Pirchì la gnà Pina acconosceva l'erba che ci vuliva per ogni distrubbo che omo o fìmmina potiva patire.

Malo di testa? Malocchio? Malo di panza? Malo di petto? Malo di vista? Mancanza di pititto? Mancanza di forza nella cuda di l'omo? Abbunnanza di sangue fimminino a fase di luna? Figli che non vinivano? Frussioni che non passavano? Cacate che stintavano? Catarro? Amuri cuntrastato? Tradimento da parti d'omo o di fìmmina? Azzuffatine 'n famiglia? Vecchi che non s'addicidivano a muriri? Picciotteddre che s'attrovavano prene, ma non volivano il figliu? Malo di denti? Giramenti di testa?

Chisto e altro curavano l'erbe della gnà Pina. Ma la vecchia, all'occorrenzia, praticava un altro misteri. Caminanno paìsi paìsi e campagne campagne, accanosceva vita, morti e miracoli di tutti e perciò, a tempo perso e a richiesta, faciva macari la ruffiana, combinava matrimoni.

Una sira che la gnà Pina si era fermata davanti alla casuzza per addimannare tanticchia d'acqua prima d'accomenzare l'acchianata verso Gallotta, Gnazio le arrivolse la palora.

«Che si dice, gnà Pina?».

La vecchia lo taliò strammata, mai prima Gnazio le aviva parlato, le dava l'acqua e basta.

«Che s'avi a diri? Nenti».

Ma siccome che aviva capito che l'omo le voliva spiari qualichi cosa, sinni ristò ferma col bicchieri a mità. Gnazio addecise di pigliarla larga.

«Gnà Pina, da quann'è che vui passate da 'sta trazzera?».

«Da sissanta e passa anni. Ci passai la prima vota con mè matri che io aviva manco deci anni».

«Perciò aviti accanosciuto a Cicco Alletto?».

«Certo che l'accanoscii, mischino».

«Lo sapiti pirchì niscì pazzo?».

«No. Dissiro che sintì un lamintìo».

«Ma un lamintìo non abbasta a fari nesciri il senso a uno».

«Già. Ma bisogna vidiri il loco indove uno senti il lamintìo. Sintirlo ccà è diversu che sintirlo in contrata Noce o in contrata Cannatello».

«E pirchì?».

«Pirchì contrata Ninfa è diversa, nun è né terra né mari».

Gnazio si misi a ridiri.

«Comu nun è terra e nun è mari? Li viditi 'st'àrboli?».

«Certo. Ma che veni a diri?».

«Veni a diri che nisciuno ha mai viduto àrboli crisciri 'n mezzo al mari».

«Gnazio, lo sapiti che sutta alla terra vostra c'è mari? I piscatori e i marinari dicino che contrata Ninfa galleggia supra il mari e che sutta c'è sulo acqua».

Gnazio si sintì aggiarniare.

«Davero?».

«Accussì dicino. Eperciò chisto loco, che non apparteni né alla terra né al mari, è il loco indove ponno capitare tanto le cose che capitano 'n terra quanto le cose che capitano 'n mari. Capace che il poviro Cicco Alletto, arrisbigliato dal lamintìo, quanno raprì l'occhi s'attrovò torno torno 'na decina di delfini dintra al pagliaro».

«Voliti babbiare?» spiò Gnazio che si sintiva tutto sudato al pinsero della sò terra che galleggiava.

«Sì e no» fici la gnà Pina pruiennogli il bicchieri.

Dù sire appresso, che la gnà Pina si era fermata per il solito bicchieri d'acqua, Gnazio s'addecise a dirle come qualmenti voliva 'na mogliere.

«Quant'anni aviti?» spiò la vecchia.

«Quarantasetti».

«E comu vi funzionia?».

Gnazio non accapì.

«Che mi deve funzioniari?».

«'U manicu mascolino».

Gnazio accapì e arrussicò.

«Boh» fici.

«Da quann'è che non l'usate?».

Gnazio si fici il craccolo.

«Diciamo se' anni».

«Vi maritati per aviri figli?».

«'Nca certo!».

«Allura videmo la merci».

Gnazio capì e si calò i cazùna.

«A vista, mi pari tutto a posto» disse la fìmmina e avanzò il vrazzo.

A malgrado che la pelli della mano della vecchia pariva fatta di scorcia d'àrbolo, Gnazio, a sintiri la tuccata stranea, attrunzò.

«Bono, bono» fici la vecchia arridenno. «La mogliere ve la trovo. Beddra e picciotta».

«Picciotta?».

«Per forza, se vuliti figli».

«Ma a mia 'na picciotta beddra mi piglia? Sugnu vecchio e zuppichìo».

«Ca zuppichiate non pare, è cosa leggia. Ma tiniti deci sarme di terra e aviti macari un manico che manco un picciotteddro di vint'anni. Ve la trovo presto 'na bona mogliere, non dubitati».

Allura Gnazio si misi all'opra per lo sposalizio.

Ci travagliò 'na misata a flabbicare, supra alla cammareddra, 'n'autra cammareddra uguali 'ntifica, sulo che al posto della porta c'era 'na bella finestra. Dalla parti di mari invece non c'era nisciuna apertura, sulo muro di petra. Flabbicò macari 'na scala interna di ligno con la quali, dalla cammareddra di sutta, s'acchianava a quella di supra.

Dalla parti opposta alla cammareddra che sirviva come staddra, costruì 'n'autra cammareddra di tri metri per tri con dù porte, divisa dintra da un muro: in una parti ci flabbicò il forno, nell'altra ci fici il riposto per tiniricci il frumentu, li favi, la conserva di pumadoro, il tumazzo, le cosi da mangiare, 'nzumma.

Po' s'accattò trispita, tavole e matarazzo e fici un letto matrimoniali che assistimò nella cammareddra di supra, indove spostò macari il tavolino nico. Un tavolino cchiù granni con un'altra seggia li mise in quella di sutta che accussì addivintò càmmara di mangiari.

«Ci sarebbi Ninetta Spampinato» disse la gnà Pina appresentannosi doppo un misi e mezzo.

«Quant'avi?».

«Vinticinco anni».

Gnazio s'arricordò di una cosa che diciva Tano quanno stavano nella Merica: «La fìmmina vintina / lu voli la sira e la matina». S'apprioccupò.

«Nun è troppo picciotta?».

«Dormi cu 'na picciotta allatu / e nun cadi mai malatu» fici la gnà Pina.

«Di mogliere troppa picciottanza / veni a diri sicura vidovanza» replicò Gnazio.

«E va beni, vinni cerco una cchiù granni» s'arrinnì la vecchia.

Tornò doppo 'na quinnicina di jorni.

«Ci sarebbi Caterina Tumminello».

«Quant'avi?».

«Trentadù».

«E com'è che ancora non è maritata?».

«Zoppichìa».

«Macari lei?».

«Sissignori».

«Cadì?».

«Nascì accussì. Però zoppichìa con la stissa gamma vostra. E chisto è bene».

«Pirchì?».

«Pirchì accussì, quanno caminate uno allato all'altra, non vi dati cornate, non sbattiti testa contro testa. E po' sapiti comu s'usa diri? Fìmmina sciancata / la meglio ficcata».

«Nun mi persuadi».

«E po' avi 'na bella doti. Tri sarme di terra dalle parti di contrata Spinuzza e il corredu a sei a sei».

«Contrata Spinuzza è tutta un chiarchiàro, petri e grotti».

«Va beni, ma il patri, quanno mori, le lassa la sò terra che è tri voti la vostra».

Troppa grazia, santantò. A Gnazio ci vinni un dubbio.

«Per caso avi qualichi altro difetto?».

«Beh, sì, ma è cosa di nenti».

«Parlati».

«Avi un occhio a Cristo e l'autro a san Giuvanni».

«Lassamo perdiri».

«Devo continuari a circare?».

«'Nca certo».

«Pozzo circare tra le vidove?».

«Vidove nenti».

«Pirchì?».

«Se ti mariti 'na vidova, sempri sarai 'n torto / a cunfrunto cu lu maritu ch'è morto» citò Gnazio.

«Voi non ve lo doviti scordari che aviti quarantasetti anni, però» disse la vecchia.

Per un misi, ogni volta che la gnà Pina passava per la trazzera e vidiva a Gnazio, isava un vrazzo in aria e agitava il pollice e l'indice della mano a significari che ancora non aviva nenti a vista.

Po', 'na sira, la vecchia arrivò, s'assittò sutta all'aulivo e invece della solita tanticchia d'acqua spiò un bicchieri di vino.

«Stavota la cosa mi pare seria» disse.

Gnazio portò un sciasco intero con dù bicchieri. Vippiro 'n silenzio.

Appresso la gnà Pina 'nfilò 'na mano dintra alla pettorina e cavò un pezzo di cartoni rettangolare che però non fici vidiri a Gnazio.

«Quant'avi 'sta picciotta?».

«Trentatrì».

«Beh, non si pò diri tanto picciotta. E com'è che ancora non...».

«Ve lo spiego appresso».

«Nascì a Vigàta?».

«Sì e no».

«Che significa sì e no? O è di Vigàta o nun è di Vigàta».

«Nascì 'n mezzo al mari aperto».

Gnazio si sintì 'ntrunari.

«Spiegativi megliu».

«Sò matri s'attrovava nella varca di sò marito e dovitti sgravare accussì, alla picciliddra la lavaro con l'acqua di mari».

«Avi doti?».

«No. È povira. Ma avi 'n'autra cosa».

«Che è?».

«Ve lo dico appresso».

«Scusati, gnà Pina, ma se mi doviti diri tutto appresso, ora di che minchia parliamo?».

«Beh, vi pozzo intanto diri che sò patre, quanno lei aviva cinco anni, niscì con la varca, vinni 'na timpesta e non tornò cchiù. Sò mogliere morse l'anno appresso per il dolori di cori. Allura la picciliddra vinni pigliata 'n casa di sò ziu 'Ntonio, un frati di sò patre, che macari lui era piscaturi».

«Era?».

«Sì, pirchì macari lui annigò».

Alla larga da tutta 'sta genti di mari!

«Sintiti, gnà Pina...».

36

«Facitimi finiri. Allura la picciotta accomenzò a dari adenzia alla zia che era malata. E arrefutò di maritarisi fino a quanno la zia campò. Ecco pirchì è arrivata schetta a trentatrì anni».

«Ma 'sta zia è morta ora?».

«No, tri anni passati».

«Gnà Pina, attenta che a mia per fissa non mi ci pigliate».

«Non vi staio piglianno per fissa».

«E allura come me lo spiegate pirchì tempo tri anni la picciotta ancora non s'è fatta zita?».

«Pirchì, pirchì...».

«Me lo potiti diri almeno come si chiama?».

«Si chiama Maruzza Musumeci».

3
Maruzza Musumeci

Il nomi gli piacì.
«Allura, gnà Pina, me lo dicite quello che state pirdenno tanto tempu a dirimi?».
La vecchia s'impacciò, scatarrò, sputò.
«Ecco, vi devo diri che lei si credi d'essiri 'na cosa che non è. Ma io ne canoscio a tante di pirsone che si cridino d'essiri 'n'autra cosa di quello che sunno. Pri sempio, l'accanoscite a don Sciaverio Catalanotti?».
«Quello che a Vigàta vinni scarpe?».
«Preciso. Che vi nni pari di testa?».
«A mia pare sano di testa».
«Lo sapite che si cridi d'essiri un aceddro?».
«Davero?».
«Davero. Me lo dissi a mia mentre che lo curavo di sciatica. E l'accanoscite a zù Filippo Capodicasa?».
«L'accanoscio. Gnà Pina, arrivamo alla ràdica. Pirchì 'sta picciotta non s'è ancora maritata?».
Prima d'arrispunniri, la vecchia si vippi un bicchieri di vino sano sano e doppo raprì novamenti la vucca.
«La voliti sintiri tutta?».
«'Nca certo!».

«Pirchì Maruzza pinsava che come fìmmina fagliava di una parti 'mportanti e perciò non era capace d'aviri a chiffare con un omo».

«Nenti ci capii. Voliti spiegarvi meglio?».

«Diciva che lei non teneva la natura, che era nasciuta diversa, che aviva sì le minne, ma che non teneva lo sticchio».

«Avà! Ma che mi vinite a contare!».

«Ve lo giuro».

«E pirchì diciva accussì?».

«Pirchì si cridiva d'essiri un pisci».

«Un pisci?!».

«Pisci pisci, no. 'Na sirena».

Gnazio si sintì pigliato dai turchi.

«'Na sirena di papore? Quelle che friscano 'n partenza e in arrivo?».

«Ma che minchiate dicite! Ca quali papore e papore! Non lo sapiti che è 'na sirena?».

«No».

«È una vestia marina. La parti di supra, fino al viddrico, è di fìmmina cu dù beddri minne, la parti di sutta è a cuda di pisci. Infatti la sirena non pò caminare, ma nata».

Gnazio sinni stette tanticchia muto, a pinsari come potiva essiri fatta 'na sirena. Po' spiò:

«Allura è pazza?».

«Bih, chi palora grossa! Pazza! E allura don Munniddro Ferla ca si mangia la merda che caca? Nun è lu sinnacu di Vigàta? E la si-donna Manuela Zito che si fa 'mbarsamari tutti l'armàli di casa pirchì dici ca in una vita passata era stata gatta, non è la signura cchiù bona e cchiù santa supra la facci di la terra? Chi sunno, pazzi?».

«No, ma...».

«E po' ora per Maruzza le cose stanno diversamenti».

«Non cridi cchiù d'essiri sirena?».

«Un anno avanti di muriri, sò zia mi chiamò e mi contò la facenna di Maruzza che si cridiva sirena. Io da allura la curo. E Maruzza, ora, sta megliu assà, non sempri si cridi sirena. Le abbasta di bitare vicino al mari. A Vigàta stava in una casa propio sulla pilaja».

«Che significa non sempri?».

«Certi jorni pensa d'essiri sirena e certi jorni no. Tant'è vero che ajeri mi disse che si volìva maritari e io pinsai subito a vui».

Gnazio ristò tanticchia a testa vascia, po' addecise.

«Sintiti, gnà Pina, non mi pari 'na mogliere giusta. E po' cca è campagna, non ci starebbi bona».

«Gnazio, sbagliate. 'Sto loco pari fatto apposta per Maruzza. La terra vostra galleggia supra il mari».

«Va beni, ma...».

«V'arricordate che vi dissi che non aviva doti ma che aviva 'n'autra cosa?».

«Sì. Che avi?».

«La billizza» disse la vecchia pruiennugli il pezzo di cartoni che aviva sempri tinuto 'n mano.

E mentri Gnazio lo pigliava, spiegò:

«È 'na fotorafia che sò zia le fici fari l'anno avanti che morse».

Gnazio la taliò. Gli parse che la stava talianno suttasupra. La rigirò. E la fotografia ristò suttasupra. Allura si fici pirsuaso che gli stava firrianno la testa.

Ma era la testa che gli firriava o era il munno sano sano che firriava torno torno a lui? Gli vinni di mittirisi a cantare, ma si tenne.

Muto, taliava la picciotta della fotografia e non arrinisciva a livaricci l'occhi di supra.

«Allura?» spiò la vecchia.

«La vogliu» disse Gnazio arrisoluto.

«Va beni» fici la gnà Pina. «Sugnu cuntenta. Maruzza è 'na fìmmina di casa che altra nun ce n'è. Sapi cucinare bono, sapi cùsiri, è sempri pulita, ed è allegra di natura. Le piaci assà assà cantare, canta da la matina fino a sira».

Gnazio, affatato, non era arrinisciuto ancora a isari l'occhi dalla fotografia.

«Le aviti già parlato di mia?».

«Ancora no. Prima voliva sintiri a vui».

«E se non mi vole?» spiò Gnazio prioccupato.

«Lassate fari a mia» disse la vecchia.

«Quanno le parlate?».

«Dumani».

«E la risposta quanno me la date?».

«Dumani a sira».

«Sicuro?».

«Sicuro. Che è tutta 'sta prescia che vi pigliò?» spiò la vecchia allunganno 'na mano.

«Che voliti?».

«La fotorafia».

«Ah, no! La tegno io. Tanto voi oramà non la doviti fari vidiri cchiù a nisciuno» fici Gnazio sintenno acchianare già dintra di lui 'na gran botta di gilosia.

Ristò tutta la nuttata vigliante, sutta all'aulivo, a taliare a Maruzza in fotografia con la luci della lampa da carritteri.

Maruzza stava addritta, appuiata a 'na colonna di ligno. Aviva dù occhi ca parivano palluzze di celu, la vucca doviva essiri russa russa comu 'na cirasuzza. Il nasuzzo dritto e fino spartiva a mità 'a miluzza frisca, appena cugliuta, ch'era la sò facciuzza. I capilli le arrivavano sino a sutta i scianchi. La cammisa era a sciuri, e faciva 'na bella curvatura all'altizza delle minnuzze. La vita era accussì stritta che lui l'avrebbi potuta tiniri tutta tra il pollice e l'indice della mano e dalla vita si partiva una gonna tutta buttuna buttuna che arrivava fino 'n terra. Da sutta alla gonna spuntavano i piduzzi che addimostravano ch'era fìmmina e no sirena. Doviva essiri quattro o cinco jita cchiù àvuta di lui. Era meglio di tutte le fìmmine che aviva vidute nella Merica.

Po' quanno accomenzò a farisi jorno, astutò la lampa e continuò a taliare come Maruzza addivintava ancora cchiù beddra sutta al soli.

Si sintiva 'mbriaco come mai prima gli era capitato, come se si era vivuto tutt'intera la vutti di cinquanta litri. Non aviva gana di travagliare.

Trasì 'n casa, si taliò a longo in un pezzo di specchio rotto e si scantò. Vitti la facci di un vecchio, i capilli squasi tutti bianchi che parivano stocchi d'erbaspata, la varba longa e tanto 'ntorciuniata ch'era addivintata come a un nido d'aceddri, le sopracciglia uguali 'ntifiche a dù troffe di spinasanta.

E fu allura che la càmmara di letto non gli parse cosa, troppo vacante, troppo scarsa, non era digna di una comu a Maruzza.

Sinni partì per Vigàta con la mula e lo scecco attaccato darrè alla mula.

Si misi la fotografia 'n sacchetta, ma per tutta la caminata non ebbe bisogno di tirarla fora, pirchì ogni cosa che vidiva la vidiva come 'n trasparenza, attraverso la facci di Maruzza.

«Vecchiu riddicolu!» si disse. «Com'è che ti capitò di pigliariti d'amuri a quarantasetti anni?».

E com'è che si era propio annato a innamurari di una che s'accridiva d'essiri 'na sirena, lui, che il mari non lo vuliva manco sintiri nominari?

A Vigàta, per prima, annò nel saloni di don Ciccio Ferrara. Il varberi ci misi dù ore ad arrimunnarlo come un àrbolo.

Doppo passò da don Filippo Greco, il sarto, e si fici pigliari le misure. Un vistito bono per matrimonio.

«Vi maritate?».

«Ancora non lo saccio».

Uno accussì accussì per qualichi scascione di nisciuta con la mogliere. Uno di villuto marrò. Dù para di cazùna per travaglio.

Appresso passò nella putìa della gnà Pippina. Una cammisa bona per matrimonio.

«Vi maritate?».

«Ancora non lo saccio».

Tri cammisi accussì accussì. Quattro para di mutanne. Sei para di quasette. Tri coppole, una nìvura, una grigia e una marrò.

Po', nel negozio del signor Ciotta, accattò quattro para di linzola granni, matrimoniali, arriccamate.

«Vi maritate?».

«Ancora non lo saccio».

Un cuscino e otto federe. Quattro sciucamano.

Ultima passata, il magazzino di Trisino Fava. Una tistera di letto matrimoniali, con un disigno di sciuri e di frutti che parivano veri.

«Vi maritate?».

«Ancora non lo saccio».

Uno specchio granni. Un tavolino con supra il marmaro con dù pirtusa appositi indove ci stavano 'nfilati 'na bacinella per lavarisi e 'na cannata per l'acqua. Una seggia a forma di chitarra che conteneva 'na bacinella a forma puro iddra di chitarra che sirviva a lavarisi le parti vascie. Dù càntari per farci i bisogni. Un armuàr nico. Dù seggie aliganti.

Tornò a la casa, scarricò, acchianò la tistera del letto, l'armuàr, il tavolino col marmaro, la seggia a forma di chitarra, lo specchio, le seggie. Di colpo, la càmmara di letto cangiò, ora potiva arriciviri a Maruzza. Mise le cammise, gli sciucamano, le linzola, le federe, le mutanne, le quasette e le coppole dintra all'armuàr. Ristava ancora spazio bastevole per le cose di Maruzza.

Non si sintiva stanco, anzi. Ora gli era vinuta gana di fari tante cose. Ma chi cose? Ah, ecco! Potiva accomenzare a flabbicare un cammarino di commodo, dù metri per dù, vicino alla dispensa, indove ci avrebbi messo i càntari. Di petre ce ne aviva ancora, canala per il tetto puro, e le tavole per la porta non ammancavano. Accomenzò a travagliare che ancora c'erano dù orate di luci. Appena che l'ebbe principiato a flabbicare, gli parse che, come misura, stonava con le altre càmmare. Allura addecise di farlo di tri metri per tri.

Stava travaglianno all'addannata prima che viniva scuro fitto, quanno sintì 'na vuci.

«Ccà sugno».

Era la gnà Pina. E aviva la facci cuntenta. Si sintì addivintari le gamme di ricotta.

«Che vi disse?» spiò, ma la voci, a prima botta, non gli niscì.

«Eh?» fici la vecchia.

«Che vi disse?».

«Non mi lo dati un bicchieruzzo di vino?».

Trasì 'n casa, niscì con un sciasco e dù bicchieri. La gnà Pina si era assittata sutta all'aulivo e lui, che non arrinisciva a stari addritta, s'assittò in terra. Vippiro.

«Pozzo sapiri che vi disse?».

«Non mi disse né sì né no».

«E che veni a diri?».

«Veni a diri che vi voli accanoscere di pirsona».

«Come si pò fari 'sta canuscenza?».

«Quann'è che vui annate in paìsi?».

«Ci devo tornari mercordì della simana che veni pirchì il sarto m'avi a fari la prova».

«Siti annato da don Filippo Greco?».

«Sì».

«Allura vui, mercordì, alli unnici spaccate, vi mittiti davanti alla porta del sarto. E iu e Maruzza vi passamo davanti».

«E appresso?».

«Appresso Maruzza mi dici se è sì o no. Doppo, se è sì, vi vinemo a trovari ccà, Maruzza, io e sò catananna Minica».

E d'unni spuntava 'sta Minica?

«'Na catananna avi?».

«Sì. Di parti di patre. Non ve lo dissi?».

«No. E abita con Maruzza?».

«Ma quanno mai! Minica voli stari sula».

«E quant'avi?».

«Ci ammanca un anno per aviri cent'anni».

«Bih! Vero diciti? E comu faciti a portarla fino a qua?».

«Portarla?! Voliti farmi ridiri? Quella ci veni a pedi. Minica camina megliu di mia e di vui. S'arrampica ca pari 'na crapa. E stati attento a comu parlati cu iddra».

«Pirchì?».

«Pirchì il sì di Maruzza non conta nenti se sò catananna putacaso dici di no. Se non piaciti a Minica, il matrimonio non si fa, vi lo potiti scordari. D'accordu?»

«D'accordu».

Ma come avrebbi fatto a reggiri ancora 'na simana senza vidiri a Maruzza?

La meglio, 'ntanto, era finiri di flabbicare il cammarino di commodo.

E finarmenti ammancò un sulo jorno per l'incontro con Maruzza a Vigàta.

Il martidì alle sett'arbe Gnazio si susì che per tutta la nuttata non aviva potuto pigliari sonno datosi che la testa gli doliva al pinsero della 'mpressione che avrebbi fatto all'indomani alla picciotta.

Viniva meglio se faciva un sorriseddro taliannola?

O era meglio se faciva la facci seria?

Ma col sorriseddro capace che si vidiva che aviva un denti spaccato.

E quanno faciva la facci seria sapiva che pigliava un'ariata da dù novembriro.

Forsi la meglio era pigliari un'ariata 'ndiffirenti, macari friscannu 'na canzuna.

No, non era possibili, non accanosciva canzonetti.

O meglio, una l'accanosciva, quella che faciva «Oh chi belli minne ch'aviti / chi nni faciti, chi nni faciti...». Ma non gli parse giusta per l'occasione.

L'unica era mittirisi a zappare per sbariarisi. Travagliò tutta la matinata, po' si pigliò 'na mezzorata d'arriposo per mangiarisi tanticchia di pani e tumazzo e doppo novamenti a zappuniari. Il celu, che già di primo matino era cummigliato, doppopranzo addivintò nìvuro di nuvole cariche d'acqua. Infatti si misi a chioviri, ma a leggio a leggio, tanto che Gnazio continuò a travagliare. Però quanno alla scurata tornò a la casa, dovitti cangiarisi macari le mutanne, tanto i vistita erano assuppati d'acqua.

Gli vinni un pinsero che lo scantò: e se all'indomani chioviva ancora e Maruzza non sarebbi potuta nesciri di casa? Mangiò e annò a corcarsi con questa prioccupazione, tanto che a ogni orata si susiva e annava alla finestra. Verso la mezzanotti scampò, ma il celu ristò nìvuro. Tri orate appresso si vittiro comparire le prime stiddre. Sulo allura Gnazio arriniscì a farisi un dù orate di sonno.

Alli otto dette adenzia all'armàli, po' si lavò, si misi il meglio vistito che aviva e la coppola marrò nova nova, pigliò la mula e sinni partì per Vigàta.

Arrivò che erano squasi le deci al saloni del varberi, don Ciccio Ferrara stavota ci misi sulo tri quarti d'ora per la varba e i capilli.

Fu mentri era assittato nella putruna del varberi che sintì, 'mprovisa, 'na fitta di dolori darrè la schina. Non s'apprioccupò, sapiva che era la conseguenzia di aviri travagliato il jorno avanti sutta all'acqua di celu.

Quanno si susì dalla putruna, ebbe 'n'altra fitta, ma liggera. Il sarto era distanti 'na dicina di metri dal saloni. Ci arrivò che il ralogio del municipio sonava le unnici.

«Mi doviti scusare cinco minuti» gli fici don Filippo Greco «ma prima della prova ci vogliu dari 'na stirata alle giacchette. Assittatevi».

«No, grazii. Minni staio a pigliari aria ccà davanti».

«Comu vuliti vui».

Al posto del cori ci aviva 'na machina di treno che stantuffiava e curriva. Gli ammancava il sciato. Sintiva d'essiri tutto vagnato di sudori. Di sicuro gli stava piglianno la frevi.

E po' vitti spuntare le dù fìmmine che caminavano e parlavano fitto. La gnà Pina col solito sacco supra le spalli e Maruzza...

Matre santissima del Carminu! Santa Lucia biniditta! San Calorio miracolusu! Era cchiù beddra che in fotografia! Era cchiù beddra assà! Assà assà!

E po' com'era che aviva passato la trentina e invece di pirsona pariva 'na picciotteddra di manco vint'anni? Che magaria aviva fatto? E 'sta gran maraviglia di Dio potiva addivintari sò mogliere?

Gli vinni un gruppo al cannarozzo, accapì che si stava mittenno a chiangiri.

Ma pirchì Maruzza non lo taliava? 'Na vota sula votò la testa verso di lui, ma parse che taliava lo stipiti della porta del sarto.

Appena le dù fìmmine arrivaro alla stissa altizza sò, si cavò la coppola e fici un mezzo 'nchino.

«Bongiorno» arrispunnì la gnà Pina.

Maruzza invece, senza mai taliarlo, calò tanticchia la testa.

Fu allura che Gnazio, mentri stava ancora calato, patì la terza fitta alla schina, una vera e propia cutiddrata a tradimento, ma accussì forti, accussì potenti che arristò apparalizzato, mezzo calato in avanti, la coppola 'n mano, priciso 'ntifico a uno che addimannava la limosina. Non potiva né cataminarisi né parlari.

Don Filippo niscì fora:

«Trasisse che facemu la prova».

Ma Gnazio non potì arriminarisi.

«Mi sintiti? Facemu la prova».

Nenti. 'Na statua. Allura il sarto accapì.

«Matre santa! Una botta di dolori di schina gli pigliò!».

E arriconoscenno di spalli la vecchia dell'erbe che si stava alluntananno con una picciotta, la chiamò:

«Gnà Pina!».

Mentri la gnà Pina, salutata a Maruzza, tornava narrè, don Filippo, con l'aiuto di Carmineddro, il garzuni di negozio, sollevò faticanno e santianno la statua che era addivintato Gnazio e la portò nel retroputìa indove che ci tiniva un divanu granni.

La gnà Pina lo straiò, gli passò una mistura d'erba darrè la schina, gli dette 'na poco di manate di chiatto e di taglio, gli fici 'na passata con un oglio spiciali da una buttiglieddra che tirò fora dal sacco e disse:

«Ristate tanticchia corcato».

E sinni niscì.

Doppo un'orata Gnazio potì finalmenti mittirisi addritta.

«La volemo fari 'sta prova?» spiò il sarto.

«'Nca quali prova e prova!» arrispunnì Gnazio arraggiato.

Sinni tornò a la casa a testa vascia, doppo l'arraggiatura gli era vinuta 'na gran malancunia. Era pirsuaso che per la malafiura fatta, a Maruzza se la potiva scordari. Figurati se quella si maritava a un vecchiu col malu di schina!

Pacienza. Era stato sfortunato. Distinu.

Appena che fu arrivato, si spogliò, si curcò, si tirò

la cuperta fino a supra la testa 'ncuponannosi completamenti e chiuì l'occhi vagnati di lagrime.
 E po', a picca a picca, s'addrummiscì.

4
La catananna

L'arrisbigliò 'na voci che lo chiamava dalla càmmara di sutta.
L'arriconobbe, era quella della gnà Pina.
«Acchianate».
La vecchia, vidennolo corcato con la coperta supra la testa, gli spiò se aviva ancora malo di schina.
«No, mi passò» arrispunnì Gnazio senza tirare fora la testa.
«E allura pirchì stati 'ncuponato?».
«Pirchì mi piaci stare accussì».
«Vi devo diri ca...».
«Non parlati! Non parlati!».
«E pirchì?».
«Non voglio sintiri le vostre palore! L'accanoscio già!».
«E quali sarebbiro le mè palore?».
«Che Maruzza non mi vole».
«Vi vole, vi vole».
Gnazio tirò fora a lento a lento la testa.
«Davero?».
«Davero».
«Ma se manco mi taliò quanno mi passò davanti!».

«'Na fìmmina che pare che non talia, inveci talia, eccomu se talia!».

«Ma non lo vitti che non mi potivo cchiù cataminare per il malo di schina?».

«Lo vitti. Maruzza però non lo sapiva che era per il malo di schina. E allura io ci dissi che era a scascione di 'n'autra cosa».

«Chi ci dicistivo?».

«Che voi eravate ristato 'ngiarmato dalla vista della sò billizza».

«E ci cridio?».

«I fìmmini cridino sempri che la loro billizza è capace della qualunque».

«Veni a dire che lo zitaggio si fa?».

«Si fa».

Gnazio satò addritta e si mise a ballari supra al letto che pariva un picciliddro.

«Maria, che cuntintizza!».

«State carmo» disse la vecchia. «E sintitimi bono. Domani a matino Maruzza va a trovare a sò catananna e sabito a matino vinemo ccà tutti e tri. E ora mi lo date 'sto bicchireddro di vino o no?».

L'indomani, che c'era di travagliare assà con l'àrboli, gli vinni il pinsero che se sudava capace che gli tornava il malo di schina. Allura pigliò la mula e annò a trovari un vicino che di nome faciva Aulissi Dimare, un quarantino àvuto, forti, con la varba curta, l'occhi nìvuri e sparluccicanti, tanto cotto dal soli che pariva un arabo.

«Avissi bisogno d'un favori».

«A disposizioni» fici Aulissi.

«Potissivo travagliare all'àrboli nni mia? C'è da fare 'na poco d'innesti. M'abbastano tri jornate, oi, domani che è vinniridì e sabito matina».

«D'accordo».

Ma mentri sinni tornava a la casa, Gnazio pinsò d'aviri sbagliato. Sabito matina non doviva vinire Maruzza con la catananna? Non ci stava cchiù con la testa, questa era la vera virità. Ma s'acconsolò pinsanno che tanto Aulissi avrebbi travagliato lontano dalla casa, capace che manco s'addunava della visita.

Sabito matina, verso l'unnici, scinnì dalla càmmara di letto il tavolino nico, pigliò le dù seggie aliganti e le dù seggie di cucina e portò tutto sutta all'aulivo. Supra al tavolino ci mise quattro bicchieri e un piatto con cirase e vircoca. Il sciasco di vino lo tinni ancora 'nfilato dintra alla giarra china d'acqua frisca.

Per prima comparse la gnà Pina col solito sacco supra alle spalle.

S'affacciò dalla trazzera, taliò torno torno, vitti il tavolino conzato, fici 'nzinga che annava bene e spiò:

«L'aviti viduta a Minica?».

«No. Non era con voi?».

«Era. Po' disse che caminavamo troppo a lento e sinni annò avanti».

«Ccà non è arrivata».

La gnà Pina scomparse.

Madonna biniditta, chisto sulo ci ammancava! Indove era annata a finire quella vecchia stolita? Capace che dovivano passari la matinata a circarla! Capace che era caduta in qualichi fosso! Capace che...

Si votò per annari a pigliari il vino e si attrovò davanti 'na vecchia stravecchia. Doviva essiri di sicuro lei, la catananna. Ma da indove sbucava? Che strata aviva fatto? Era 'na vecchia sicca sicca, àvuta sì e no un metro e trenta centilimetri, che arridiva taliannolo con la vucca senza denti, il varbarotto piluso, l'occhi come dù cocci di foco, la facci con la pelli pricisa 'ntifica a una scorcia di limoni, giallusa e rugusa, la testa cummigliata da uno sciallino nìvuro che le arrivava ai pedi. Li quali pedi non avivano scarpi. A forza di caminare scàvusa le jita le erano addivintate come rami d'àrbolo, dello stisso colori.

«Bongiorno. Io sugno...» principiò Gnazio ancora 'mparpagliato.

«Io lo saccio cu siti vui».

La voci della vecchia lo strammò chiossà. Pirchì non era una voci di vecchia, ma di picciotta, anzi di fìmmina giuvane, càvuda e morbita.

«Che strata aviti fatto?».

«Fici un giro largo, vegno dalla parte di mari».

Arridì. Ridiva che pariva 'na palumma quanno chiama il mascolo per essiri coperta.

«Vitti a Ulissi».

«L'accanoscete?».

«Io sì a lui. Lui a mia non m'accanosce. È sempri lo stisso, non è cangiato per nenti. Macari se una vota era sempri mari mari e ora arrimunna i vostri àrboli».

Ma che minchiate diciva? Straparlava. Come fanno i vecchi. Opuro scangiava ad Aulissi per qualichi altro.

Aulissi era un viddrano come a lui, forsi non era mai stato supra a 'na varca.

«Siti sicura che è la stissa pirsona che...».

«Sicura, sicura».

Era 'na vecchia pazza, chisto era certo come la morti. La meglio era fari finta di nenti e cangiare discorso.

«Vi voliti assittare?».

«Non sugno stanca» fici Minica accomenzanno a taliare l'aulivo come se non aviva mai viduto un àrbolo uguali.

«Qua siamo».

Era stata la gnà Pina a parlare. Si votò di scatto. Allato a lei, Maruzza. Maruzza che gli arridiva.

Allura gli capitò 'na cosa stramma. La sò vista di l'occhi si stringì facenno scomparire tutto quello che c'era torno torno alla picciotta, per prima la gnà Pina e po' il celu, le petre, 'na troffa di saggina, tutto si cancillò, addivintò nìvuro, ristò sulo un rettangolo di luci forti, tanto forti che faciva mali, dintra al quali ci stava Maruzza vistuta come nella fotografia.

Subito appresso la vista gli si raprì novamenti, tornaro al posto loro la gnà Pina, il celu, le petre, la troffa di saggina, però tutto era fermo, immobile, non si cataminava come se erano cose pittate dintra a un quatro.

«Bonvinuta!» arriniscì a diri con la voci che gli trimava.

E fu come diri 'na palora mammalucchigna, pirchì tutto ripigliò vita, Maruzza avanzò un passo, ma lui ne fici uno narrè, scantato.

La billizza di Maruzza che gli stava annanno incontro per un momento gli parse pricisa 'ntifica a una laidizza che non si potiva taliare, a una laidizza da fari spavento.

«Vaio a pigliare il vino» disse.

Quanno tornò, Maruzza e la gnà Pina si erano assittate, la catananna invece non si vidiva a tiro.

«Unn'è donna Minica?» spiò.

«Ccà supra sugno».

Gnazio isò la testa. La vecchia sinni era acchianata 'n mezzo ai rami dell'aulivo. Con l'occhi, la gnà Pina gli fici accapire che era meglio non dirle nenti, lassarla fari quello che le passava per la testa. Inchì il bicchieri di Maruzza, quello della gnà Pina, il sò e sintì 'na voci allato a lui:

«A mia nenti?».

«Eccovi sirvuta».

Inchì il bicchieri macari alla catananna. Ma come aviva fatto Minica a scinniri dall'àrbolo e ad arrivari allato a lui senza fari la minima rumorata? Allura le dù fìmmine si susero e tutti isarono i bicchieri in signo d'agurio.

La catananna e la gnà Pina taliarono a Maruzza, Maruzza raprì la vucca, taliò nell'occhi a Gnazio e accomenzò a cantare.

Aviva 'na voci càvuda ma potenti, miludiusa, che affatava. Quella voci era un vento càvudo che ti faciva a picca a picca mancari di piso, po' ti sollevava in aria a leggio a leggio come 'na foglia e ti faciva perdiri dintra al celu. Cantava 'na canzuna senza palore.

Diciva quant'era bello quanno dù pirsone si piacino, s'incontrano, si taliano, po' s'incontrano novamenti e

57

si ritaliano e capiscino che sunno fatti per stari 'nzemmula per tutta la vita...

«Ma comu minchia fazzo a capiri le palore se le palore non ci sunno?» si spiò Gnazio strammato, confuso, 'ntordunuto.

Vippiro. S'assittaro. Po' Minica spiò:

«La sapiti la storia di 'st'àrbolo d'aulivo?».

«Dicino che avi mille e ducento anni» fici Gnazio.

«Veru è. Ma nell'istisso posto, prima, c'era un pino».

«Ma voi come faciti a sapirlo?» spiò ancora Gnazio con un surriseddro che non seppe tiniri.

«Io tutto quello che capitò da chiste parti da migliara d'anni l'accanoscio» arrispunnì Minica.

«E chi fu a contarvelo?» spiò Gnazio arridenno.

Ma s'interrumpì pirchì la taliata della gnà Pina gli fici accapire che stava sbaglianno a contrariare la catananna. Ma quella parse non averlo 'ntiso.

«Lo sapiti chi fu l'urtimo propietario di chista terra?» addimannò Minica.

«Sissi, me lo dissiro, mi pare che si chiamava Cicco Alletto».

«Niscì pazzo ccà».

«Mi dissiro macari chisto».

«E vi dissiro pirchì?».

«Mi dissiro che sintì un lamintìo...».

«Ve lo cunto io come fu. 'Na notti, che stava dormenno dintra a un pagliaro, Cicco Alletto sintì un lamintìo strammo, ora pariva una speci d'abbaio di cani, ma di canuzzo nico, nasciuto da picca, ora un chianto fimminino. Si susì, niscì fora dal pagliaro. C'era 'na luna che faciva jorno. Il lamintìo viniva da ccà, da sutta a 'st'aulivo, e Cicco Alletto s'avvicinò. Vitti a 'na fìmmina che gli voltava le spalli e chiangiva, doviva essiri 'na picciotteddra che gli parse vistuta stramma. Aviva capilli biunni, longhi longhi. S'avvicinò ancora e quella lo sintì e si votò. Allura Cicco Alletto la vitti e niscì pazzo».

«E pirchì?».

«Pirchì al posto della facci la picciotta aviva 'na crozza di morto con tri fila di denti e s'abbintò contro a Cicco per mangiarisillo. Raprì la vucca, ma non fici a tempu pirchì spuntò la prima lama di soli che l'obbligò a scompariri».

Per il sì e per il no, Gnazio, 'mpressionato, si vippi un bicchieri di vino. Maruzza e la gnà Pina chiacchiariavano fitto fitto a voci vascia, non ascutavano la catananna.

Forsi quella storia della crozza che chiangiva l'accanoscevano già.

«Si chiamava Scilla» fici Minica.

«Chi?» spiò Gnazio ammammaloccuto.

«La picciotta che chiangiva. Si chiamava Scilla. Aviva perso lo zito che si chiamava Glauco. E si era ammazzata ghittannosi a mari. Ma a ogni cincocento anni torna a chiangiri per Glauco sutta al pino che avivano chiantato 'nzemmula quanno erano filici. Po' il pino era morto e al posto sò c'era un aulivo. Ma per Scilla non aviva nisciuna 'mportanza, l'aulivo, per iddra, era lo stisso del pino. Cicco Alletto ebbi la sfortuna di vidirla propio la notti che toccava a Scilla di tornari 'n terra».

Gnazio si vippi 'n'autro bicchieri.

«Basta cu 'sti storie vecchie» disse Minica. «Vi piaci Maruzza?».

«Assà assà».

«Io saccio ca vui siti un galantomo. Doviti trattarla bona, doviti accapirla. Ogni tanto avi bisogno di starisinni sula. E vui doviti lassarla fari chiddru ca voli fari. Vi vogliu diri 'na cosa. 'U sapiti pirchì 'sta terra vostra si chiama Ninfa?».

«No».

«Lo voliti sapiri?».

«Basta che non è 'na storia scantusa».

«No. Ccà ci abitavano dù beddre picciotte che erano chiamate Ninfe e avivano armenti a tinchitè, vacche, pecori, crape. Un jorno arrivaro tri varche cariche di sordati che tornavano da 'na guerra, stavano morenno di fami che era tanto che navicavano e accomenzaro a scannari e a mangiarisi ogni cosa. Po' sinni partero, ma Diu non ce la fici passari liscia e scatinò 'na timpesta che li fici moriri a tutti. Meno a uno».

Si susì, s'avvicinò a Gnazio, gli parlò all'oricchio.

«Chisto era un posto virdi d'erba, chino chino d'àrboli di tutti i frutti del munno. E alle dù Ninfe ci piaciva fari l'amuri. Lo facivano jorno e notti. A vui piaci l'amuri?».

Gnazio non potì arrisponniri, aviva la vucca arsa. Quella voci picciotta all'oricchio che gli parlava d'amuri gli faciva asciucare macari il sangue nelle vini.

«Ma l'amuri abbisogna sapirlo trattare» proseguì Minica. «Se uno non sapi come si tratta, pò finiri a schifio, a schifio grosso, mi spiegai?».

Matre santa, che voci che aviva! Gnazio non arriggì cchiù e sintì 'na speci di tirrimoto scatinarisi abbascio, dintra ai sò cazùna. Sbrogliò. Ma come potiva 'na vecchia laida fargli 'st'effetto sulamenti parlanno?

«Sì» disse per farla finiri e fari finiri macari il tormento.

Ma la vecchia s'avvicinò di cchiù, ora ne sintiva accussì vicino il sciato càvudo che pariva che da dintra all'oricchio gli arrivava dritto dritto fino a indove c'era il tirrimoto.

«Statici sempri accura, all'amuri. L'amuri è cagionevole, pò essiri liggero come un filo di paglia che vi porta 'n celu o pisanti come 'na travi ca vi scrafazza. Mi capistivu?».

«Vi capii».

«Allura nun aiu cchiù nenti da dirivi. Maruzza, veni ccà».

Gnazio si susì e Maruzza gli si misi allato.

«Fatti sciaurare» disse la picciotta.

E prima che Gnazio si ripigliasse dallo sbalordimento, col nasuzzo che gli sfiorava la pelli gli sciaurò i capilli, la fronti, l'occhi, la vucca, il coddro.

Po', con la punta della lingua, gli liccò un oricchio. Gnazio si sintì sbiniri.

«Comu ti pari?» spiò Minica.

«Bono» arrispunnì Maruzza.

E si misi a cantare. Cchiù forti assà della prima vota.

61

Diciva quant'è bello per una fìmmina attrovari all'omo giusto, quant'è bello farisi abbrazzari da quell'omo e quant'è ancora cchiù bello la notti sintiri il sciauro di quella pelli masculina ammiscato col sciauro fimminino...

'Mprovisa, vinni, dalla parte di mari, 'na gran vociata. Erano òmini che gridavano, ma non s'accapiva quello che dicivano.

«Aviti 'ntiso? Che fu?» fici la gnà Pina.

«Spisso le varche venno a piscari costa costa proprio ccà sutta la mè terra e certi voti fanno accussì quanno pigliano pisci grossi» spiegò Gnazio.

«Stavota il pisci era cchiù grosso del solitu» fici Minica ridenno e talianno a Maruzza. Macari la picciotta si misi a ridiri.

«Allura è fatta» disse la catananna. «Stanotti è la notti giusta per il matrimonio. C'è la luna».

Il matrimonio? Di notti? Pazza era, pazza di manicomio.

«Ma ancora c'è da nesciri le carte, avvertire la chiesa...» fici Gnazio.

«Io diciva il matrimonio fatto a modo nostro» spiegò Minica. «Po' il matrimonio col parrino lo faciti quanno voliti. Ma prima di tutto veni il matrimonio a modo nostro. Nni videmu stasira tardo».

«Che devo priparari?».

«Nenti. Portamo tutto nui».

In dù minuti ristò sulo. S'assittò cchiù cunfuso che pirsuaso. Volivano fari 'sta minchiata del matrimonio di notti? E va beni. Facemola. Ma il jorno appresso la catananna non doviva farisi vidiri cchiù nei paraggi. Quella l'insallaniva contannogli storie che manco i palatini di Franza e capace che lo faciva addivintare pazzo come a lei.

«Gnazio! Gnazio Manisco! Curriti! Viniti ccà!».

Chi era che lo chiamava?

Si susì e currì fora, nella strata. A mano manca, indove dalla trazzera si partiva un sintero che costegginno la sò terra portava al mari, c'era uno che bitava nei paraggi e che accanosciva sulo per bongiorno e bonasira. Di nomi faciva Tano Bonocore.

«Chi fu?» spiò Gnazio.

«Ero scinnuto alla pilaja per accattarimi tanticchia di pisci da qualichi varca di passaggio e minni stavo a parlari cu tri piscatori quanno...».

«Embè?».

«Quanno tutto 'nzemmula sintimmo a uno che faciva voci. Era addritta, in pizzo allo sbalanco indove finisce la terra vostra e sutta ci stanno li scogli e il mari».

«E pirchì faciva voci?».

«Non l'avemo accapito. Ma non diciva a noi».

«E a cu diciva?».

«Parlava con qualichiduno che c'era a mari. Ma a mari noi non vidimmo a nisciuno. Po' si ghittò».

«Unni?».

«Unni s'avia a ghittari? A mari».

«Oh Madonna biniditta! Da quell'altizza?».

«Da quell'altizza. Pariva che volava».

«Morse?».

«È in punto di morte. Prima di annari a finiri dintra all'acqua, sbattì contro li scogli. 'Nzemmula ai piscatori lo stamo portanno a la sò casa».

«Lo sapiti chi è?».

«Aulissi Dimare. Com'è che s'attrovava nel vostro tirreno?».

«Stava travaglianno a...».

S'interrumpì. Da 'na curva che il sintero faciva, erano comparsi quattro piscatori, dù avanti e dù narrè, che riggivano un pezzo di tila di vela. Macari a distanza si vidiva che la tila era macchiata di sangue. I quattro, caminanno, cantavano la priera di la morte per acqua:

Pigliati st'arma,
o Diu di lu mari,
addrumaci stiddri,
addrumaci fari,
fagli la rutta
fino a lu portu
d'o paradisu
a 'stu poviru mortu.

Aspittò che i quattro arrivavano 'n capo alla trazzera e po' si mise allato al muribunno.

Tano Bonocore disse:

«Pigliamo da qua che c'è un accurzo per jiri a la sò casa».

«Semo stanchi» fici uno dei piscatori.

«Viniti nni mia che vi dugno un bicchieri di vino» proponì Gnazio.

64

Posaro all'ùmmira sutta all'aulivo ad Aulissi che si lamentiava a leggio e tiniva l'occhi chiusi e s'assittarono supra alle seggie. Gnazio annò a pigliare un sciasco. E mentri i piscatori e Bonocore vivivano, s'accostò ad Aulissi. S'addunò che quello aviva rapruto l'occhi e lo taliava. Gli si agginucchiò allato.

«Ma chi fu, Aulissi?».

«λι... γυρὴν... δ' ἔντυ... νον... ἀοι... δήν...».[1]

Ma come parlava? Greco? Turco? Chi diciva? Non ci stava cchiù con la testa, mischino! Sicuramenti, mentri travagliava, 'na botta di soli gli doviva aviri fatto nesciri il senso. La botta di soli, quanno ti piglia, o ti fa cadiri sbinuto 'n terra o ti fa fari cose stramme.

«Aulissi! Io sugno, Gnazio! M'arriconosci?».

«A tra... dimento!» fici Aulissi.

«Quali tradimento?».

«A tra... dimento... mi pigliò... la sò... voci... Mi parse di... di... vidirla... quant'era... beddra... mi chiamava... can... ta... va...».

Po' chiuì l'occhi e morse. Accussì, sulo chiudenno l'occhi e astutanno l'universo criato, morse.

---

[1] «e intonarono un limpido canto», *Odissea*, libro XII, v. 183, traduzione di Aurelio Privitera, Milano 1982.

5
Il matrimonio secondo la catananna

Visto e considerato che Aulissi Dimare era morto, i piscatori e Tano Bonocore se la pigliarono commoda. Sutta alla friscanzana dell'àrbolo d'aulivo, si vippiro dù bicchieri di vino a testa, chiacchiariarono un'orata, po' pigliaro al catafero che era ristato stinnicchiato 'n terra a tri passi, lo misero dintra al pezzo di tila di vela e se lo portaro.

Gnazio stetti tanticchia a spiarsi pirchì Aulissi s'era ammazzato. Ma non arriniscì a trovare 'na scascione. Ma come diciva la sapienzia antica?

«Chiangiri 'u mortu, sunno lacrime perse». E perciò Gnazio tornò a pinsari al matrimonio che Minica voliva fari quella sira stissa.

La vecchia gli aviva ditto di non priparari nenti di nenti, ma che matrimonio era se non ci stava qualichi dolci e 'na buttiglia di rasolio per fari festa?

Verso le sei di doppopranzo pigliò la mula e sinni partì per Vigàta.

Dato che c'era, passò da don Filippo Greco. Il sarto gli fici provari le giacchette e mentri che le provava si murmuriava e santiava, pirchì don Filippo era facile al santìo.

«C'è cosa, don Filì?».

«E sì che c'è! A voi viddrani, a forza d'azzappari, vi veni a tutti tanticchia di ghimmo!».

Gnazio si sintì abbiliri. Macari questo? Macari ghimmiruto con la gobba era addivintato? Ma come faciva Maruzza a maritarisillo, vecchio e ghimmiruto e zoppicanti com'era? Non si capacitava. Va' a sapiri come sunno fatti i fìmmini!

Po' annò alla pasticceria Nardò Giovanni & Figlio, s'assittò a un tavolino e ordinò un bicchieri d'acqua zammù.

Siccome che era sabato, tanta genti vistuta bona caminava strata strata, si salutavano, s'arridivano. Ma Gnazio non accanosciva a nisciuno, da quanno si aviva pigliato la terra era sempri stato a travagliarla, vinenno in paìsi sulo per bisogno. Principiava a fari scuro e allura si susì, trasì nella pasticceria e accattò 'na cassata, otto cannoli, 'na chilata di viscotti regina e di tetù e 'na buttiglia di rasolio.

A la casa, gli vinni pititto. E s'arricordò che a mezzojorno, tra 'na cosa e l'autra, non aviva mangiato nenti. Doviva priparari macari per Maruzza e le dù fìmmine? No. Minica aviva ditto che sarebbiro vinute tardo.

Addrumò il foco, fici la braci, ci misi supra un pezzo di carni. Ma appena ne sintì l'odori, il pititto gli passò di colpo.

Niscì fora per assittarisi sutta all'aulivo e vitti che c'era un cani. Stava aggiuccato nello stisso posto indove era morto Aulissi e si lamintiava adascio adascio. Lo taliò meglio. Ma era propio il cani d'Aulissi! Grò si chiamava, un poviro cani vecchio che chiangiva la morti del patroni sò.

Gli fici pena. Trasì dintra, affirrò il pezzo di carni mezzo cotto e lo ghittò alla vestia. Ma quella non si cataminò. Allura Gnazio pigliò 'n mano la carni e gliela tenne davanti alle nasche.

«Mangia, Grò, non ci pinsari cchiù al tò patruni. Se ccà ti piace, resti e addivinti cani mio».

Il cani sciaurò la carni, l'addintò, si susì a lento, caminò tanticchia, po' raprì la vucca, la lassò cadiri 'n terra e tornò ad aggiuccarsi nello stisso posto indove stava prima.

«Comu vuoi tu» fici Gnazio. «Quannu ti passa il dolori te la vai a mangiare».

S'assittò supra la petra, appuiannosi con le spalli all'aulivo.

Spuntò 'na luna che faciva spavento. Grannissima, tunna tunna, acchianò 'n celu che pariva sparata e arrivata a mezzo celu si fermò. Faciva tanta luci che si vidivano le formicole caminare in fila di prescia verso la carni lassata da Grò. Accomenzò, per sgherzo, a contarle. Una, dù, tri...

L'arrisbigliò l'abbaiare furioso del cani d'Aulissi.

«Scù! Scù! Passiddrà!» faciva voci la gnà Pina dalla trazzera. «Gnazio! Chiamativi a 'sto cani mallitto!».

Ma il cani sinni stava col pilo ritto e ammostrava i denti. Non la voliva fari passare.

«Grò! Veni ccà!».

Nenti, manco lo sintiva.

Allura Gnazio si calò, agguantò 'na petra e gliela tirò. Grò, pigliato nella panza, fici guai guai e sinni scappò.

«E Maruzza?» spiò Gnazio.
«Ora veni» arrispunnì la gnà Pina.
«E Minica?».
«È con Maruzza».
«Ma unni sunnu?».
«Bih, chi camurria! Portati pacienza!».
Scarricò 'n terra i dù sacchi che tiniva supra li spalli.
«Pirchì aviti dù sacchi?».
«Uno è di Maruzza. Dintra c'è la robba sò. Stanca assà sugnu! Datimi un bicchireddro di vino. E pigliàtini uno macari per voi che la nuttata che v'aspetta sarà longa».

Che voliva diri? Che il matrimonio voluto da Minica sarebbi durato assà?

Ma era 'nutili farisi dimanne. Gnazio annò a la casa e tornò col sciasco e quattro bicchieri. Accomenzaro a viviri.

«Nel vostro tirreno cinni sunno papaveri?» spiò la fìmmina.

«Sì, quann'è stascione».

«Dalle parti mè, fagliano. Se mi date il primisso, quann'è tempo, me li vegno a pigliari ccà».

«Ma a che vi servono?».

«A fari viniri il sonno a chi stenta ad addrummiscirisi».

«Gnà Pina, ma voi come faciti a sapiri le virtù dell'erbe e dei sciuri?».

«Me l'inzignò mè matri».

«E a vostra matri?».

«Mè nanna. E a mè nanna ci l'inzignò sò matri. Alla prima di tutte, che si perdi nello tempo dei tempi, ci l'inzignò direttamente il Signoruzzo».

«Davero?».

«Datemi 'n'autro bicchireddro che ve lo cunto. Un jorno, tutte le piante e tutti i sciuri dell'universo criato, s'apprisintarono al Signuruzzu e ci dissiro accussì: "Signuruzzu, a noi voi ci aviti dato il potiri di guariri tutte le malatie dell'omo. Sulo che l'òmini non acconoscino 'sto nostro potiri. Pirchì non glielo rivilate? Accussì, mischini, soffrino meno supra alla terra e non morino cchiù". Il Signuruzzu allura disse: "Se l'òmini non morino cchiù supra alla terra, allura in poco tempo addiventano tanti e tanti che per aviri spazio sunno obbligati ad ammazzarisi tra di loro. E a mia non mi piaci che s'ammazzano". Allura le piante e i sciuri dissiro: "Ma non ponno moriri senza la sofferenzia della malatia?". E il Signuruzzu: "Facemo accussì. Io rivelerò a 'na poco di vicchiareddre come ponno curare l'òmini con le piante. L'òmini che si rivolgino a chiste vicchiareddre guariranno dalle malatie, l'altri s'arrangiano". E questo è quanto. Me lo date un bicchireddro? E viviti macari vui».

Vippiro ancora, ma Gnazio accomenzò a squietarsi.

«Ma quanno venno Maruzza e Minica?».

«Pacienza, Gnazio. Sunno ghiuti al mari».

«Al mari? A fari chi?».

«Maruzza si voliva lavari bona».

E c'era bisogno di ghiri a lavarisi con l'acqua di mari?

«Ma 'n casa c'è tutta l'acqua che voliva!» disse.

«Gnazio, statevi accorto. Io, con voi, parlai chiaro. Io ve lo dissi dal primo jorno: se voliti ghiri d'amori e d'accordo con Maruzza, doviti lassarla fari quello che voli fari. Ve lo dissi o non ve lo dissi?».

«Beh, per la santa virità a mia me lo dissi Minica».

«Non avi 'mportanzia chi ve lo disse. L'importanti è che voi lo sapiti».

Po', dalla trazzera, Gnazio vitti arrivari un fantasima con un linzolo bianco, come vestino tutti i fantasimi, e appresso gli caminava un'ùmmira curta con l'ali, 'na speci di taddrarita, di pipistrello.

Si scantò, si susì. Ma appena addritta arriconobbe a Maruzza e a Minica.

Maruzza era cummigliata da un linzolo e quelle che gli erano parse ali erano i dù lati dello sciallino nìvuro che Minica tiniva aperti.

Senza salutarlo, senza manco taliarlo, Maruzza, che pariva una di quelle fìmmine che caminano la notti dormenno, 'na sunnambùla, si annò ad assittari supra 'na seggia. Mentri che gli passava davanti, Gnazio vitti che 'n testa aviva 'na curuna fatta di alighe 'ntricciate.

Minica invece era ristata nella trazzera. A Gnazio gli parse che stava a sciaurare l'aria. Ora notò che tiniva un sciasco 'n mano. Ferma, immobile, sciaurava giranno sulo la testa ora a dritta ora a mancina. Vicino, un cani accomenzò a ringhiare, tinto, surdo, periglioso. Doviva essiri Grò, ma non si vidiva, stava bono ammucciato.

«Pirchì non viniti ad assittarivi?» le spiò Gnazio.

Minica fici dù passi avanti e po' si fermò novamenti. Sciaurava sempri.

Avanzò ancora di quattro passi e tornò a firmarsi. Gnazio la taliava, tanticchia scantato. Ora Minica era propio nel posto indove i piscatori avivano posato 'n terra ad Aulissi. La vecchia si calò, lassò il sciasco, pigliò 'n mano 'na petra, la taliò, se la portò alle nasche, la sciaurò.

E po', di colpo, ghittò la testa narrè e si misi a ridiri.

Ma non era 'na risata giusta. Pirchì uno arridi? O pirchì è cuntento o pirchì arridi per non chiangiri. Ma chista risata era 'n'autra cosa. A Gnazio parse d'avirla già sintuta. Indove l'aviva sintuta? Ah, ecco. Quanno era nella Merica 'na vota l'avivano mannato a travagliare in un loco indove c'erano tanti armàli, lioni, liofanti, gioraffi, ursa, che era ditto jardino zologico, e uno di chisti armàli, che si chiamava jena e che mangiava cataferi, tutto 'nzemmula, aviva accomenzato a ridiri nello stisso modo di Minica.

Po' la vecchia s'avvicinò a Maruzza che stava sempri assittata e pariva addrummisciuta con l'occhi aperti e le passò la petra sutta alle nasche come lui aviva fatto al cani col pezzo di carni. Maruzza parse di colpo arrisbigliarisi, trimò tutta come per un colpo di friddo, pigliò la petra, tirò fora la punta della lingua e la liccò.

«Ὀδυσεὺς πολύτροπος» disse Minica.

«Οὖτις ora è addivintato οὖτιν!» fici Maruzza.

E si misi a ridiri macari lei. A Gnazio gli si rizzaro i pila supra la peddi. Ma che modo di ridiri era? Intanto, Grò abbaiava accussì arraggiato che l'autri cani accomenzarono ad arrispunnirgli dalle campagne vicine e luntane e po', alla risata di Maruzza che sonava cchiù forti della trumma del Giudizio, tutti l'armàla principiaro a fari battaria, li scecchi ficiro hiòòò, le crape mmèèè, le vacchi mmùùù, i griddra cricri, i gatti sssccc, le gaddrine cococò, le giurane quaquà, li carcarazzi cracrà... Un tirribili che finì sulo quanno Maruzza si stuffò d'arridiri, ghittò la petra contro il muro della casa e tornò come a prima, mezza addrummisciuta. Gnazio, senza addunarisinni, si era intanto scolato il sciasco.

Si susì per annari a pigliarinni altri dù e, passanno, si calò ad agguantare la petra ghittata da Maruzza. La taliò quanno fu dintra, alla luci della lampa, e gli parsi macchiata di scuro. Taliò meglio, lo scuro era certo di sangue sicco. Forsi era stata allordata dal pezzo di carni che aviva dato a Grò. Ma pirchì Maruzza se l'era liccata? Aviva forsi pititto? Gli vinni gana di sintiri nella sò lingua il sapori lassato dalla lingua di Maruzza. Macari lui liccò la petra, ma non provò nenti.

Mentri stava inchienno i sciaschi dalla vutti, Grò ripigliò ad abbaiari e a ringhiare feroci. Po', all'improviso, doppo 'na speci di lamento dispirato, s'azzittì. Passato tanticchia, la gnà Pina trasì nella càmmara.

«Minica ammazzò il cani» disse.

«E pirchì?».

«Pirchì l'aviva assugliata. La voliva muzzicare nel collo».

«E come fici ad ammazzarlo?».

«Con le mano. Lo strangugliò. Quella avi 'na forza che pò spaccari 'na petra firrigna con le jita. Ci l'aviti 'na bacinella?».

«Di supra ce n'è una per lavarisi. Pirchì?».

«Abbisogna a Minica».

Quanno niscì coi sciaschi, Maruzza era sempri assittata, la catananna aviva pigliato il sciasco sò, e l'aviva posato supra al tavolino. S'addunò che la carogna di Grò stava nel posto indove la matina era morto Aulissi.

La gnà Pina tornò con la bacinella e se la tenne tra le mano.

Allura Minica tirò fora dalla sacchetta 'na scatulina nica nica, pigliò il sò sciasco e lo sbacantò tutto nella bacinella. Era acqua di mari. Raprì la scatulina, ne cavò dù aniddruzza d'oro e li misi dintra all'acqua.

«Susiti e veni ccà» disse a Maruzza.

La picciotta sempri mezzo 'ngiarmata, obbidì e si misi a mano manca della gnà Pina.

«E voi mittitivi all'altro lato» disse a Gnazio.

Gnazio, che oramà era squasi 'mbriaco per il vino e per tutte le cose stramme che aviva sintuto e viduto, si annò a mettiri a mano dritta della gnà Pina.

La catananna si livò lo sciallino, lo ghittò 'n terra, si sciogliì i capilli.

Le arrivaro fino ai pedi. Bianchi come la nivi. Allura Minica 'nfilò le mano dintra alla bacinella e disse palore che Gnazio non arriconobbe. Ma da come sonavano, gli parse la stissa parlata che aviva fatto Aulissi prima di muriri.

«τοῖσιν θεοὶ ὄλβια δοῖεν ζωέμεναι...»[2] continuò Minica.

---

[2] «gli dei diano loro fortuna, che vivano...», *Odissea*, libro VII, vv. 148-149, trad. cit.

S'agginucchiò, piegò la fronti fino a farla toccari 'n terra.

«Πόσειδον! Πόσειδον!».

Si susì. E arrivolta a Maruzza:

«Πρόσθεν μὲν γὰρ δή μοι ἀεικέλιος δέατ' εἶναι, νῦν δὲ θεοῖσιν ἔοικε!».[3]

Arridì da sula. Appresso addimannò alla picciotta:

«Te lo vuoi pigliari per marito?».

E Maruzza, come arrisbigliannosi e sorridenno:

«Αἲ γὰρ ἐμοὶ τοιόσδε πόσις κεκλημένος εἴη ἐνθάδε ναιετάων, καί οἱ ἅδοι αὐτόθι μίμνειν!».[4]

Oramà Gnazio non si spiava cchiù comu minchia parlavano le dù fìmmine. Per la virità, non ci capiva cchiù nenti di quello che stava capitanno, troppo vino vivuto che non c'era bituato, troppi amozioni, troppe nuvità. L'occhi gli facivano pupi pupi. Che aviva arrispunnuto Maruzza? Se lo pigliava o non se lo pigliava? Minica si votò verso di lui.

«E voi la volite a Maruzza per mogliere?».

«'Nca certo!».

«Allura» disse Minica. «Mittite le vostre mano dritte supra alla bacinella».

Pigliò dall'acqua di mari i dù aniddruzza, ne 'nfilò uno nel jito nico di Maruzza e l'autro nel jito indici di Gnazio.

«È fatta. Siti marito e mogliere».

---

[3] «Prima mi pareva ignobile e brutto; e ora rassomiglia agli dei!», *Odissea*, libro VI, vv. 242-243, trad. cit.
[4] «Oh, se un uomo così potesse dirsi mio sposo qui abitando e qui gli piacesse restare!», *Odissea*, libro VI, vv. 244-245, trad. cit.

Gnazio s'arricordò d'una usanza miricana.

«Nni potemo vasari con Maruzza?».

«Doppo» fici la catananna. «Il matrimonio ancora nun è finuto. Vui, gnà Pina, sbacantati la bacineddra di l'acqua e lassatila supra il tavolino. Po' ghiti a pigliari un gaddro».

Appena la gnà Pina si spostò, Gnazio votò la testa verso Maruzza.

«No! Fermo!» gli fece voci 'mmidiata Minica. «La sposa ca veni taliata / prima dell'ura giusta / o cadi subitu malata / o fari all'amuri nun ci gusta».

Gnazio s'apparalizzò.

La catananna, dal sacco della gnà Pina, tirò fora un cuteddro di quelli per la scanna dei maiali e un milograno che raprì spartennolo a mità. Po' fici scricchiari a unu a unu tutti i chicchi del milograno dintra alla bacinella.

Tornò la gnà Pina tinenno per i pedi il gaddro che rapriva e chiuiva l'ali sbattennole scantato e lo pruì a Minica. La catananna l'affirrò con la manca e con la dritta, armata di cuteddro, gli tagliò la testa con un colpo sulo. Lassò colari tanticchia di sangue del gaddro nella bacinella indove c'erano già i chicchi di milograno e doppo ci sbacantò mezzo sciasco di vino. La gnà Pina le pruì 'na buttiglieddra e macari chista Minica la versò dintra. Po' arriminò la mistura con le jita, inchì dù bicchieri, ne desi uno a Maruzza e uno a Gnazio.

«Viviti e mangiati».

E mentri che i dù vivivano e mangiavano, Minica attaccò 'na litania alla quali la gnà Pina arrispunniva:

«A lu maritu prudenza, alla mogliere pacienza».
«Bona muglieri è la prima ricchizza di la casa».
«Cu nun avi mogliere nun avi bene, cu nun avi maritu nun avi amicu».
«Fìmmina maritata fìmmina 'mprinata».
«L'òmini granni su boni mariti».
«Mogliere onesta, tisoru ca resta».
«Mogliere massara, nun c'è dinaru che la paga».
«Lu megliu ballo della maritata è chiddro dintra a 'u lettu cu 'u maritu».

Alla finuta, Minica inchì novamenti i bicchieri.

«Viviti e mangiati ancora».

'Nzumma, dovittiro finiri tutto il contenuto della bacinella.

A Gnazio intanto gli stavano capitanno dù cose. La prima era che non s'arriggiva cchiù addritta, da un momento all'altro capiva che potiva cadiri 'n terra come un sacco vacante. La secunna era che dintra i sò cazùna sintiva crisciri la sò forza d'omo come manco quann'era vintino. 'Na forza pripotenti che addimannava sfogo subitaneo, urgenti.

«Vaiu 'n casa a pigliari le cose duci e la but...» principiò a diri con voci impastata.

«Doppo» ordinò Minica. «Ora vòtati adascio adascio e talia a tò mogliere».

Di subito, Gnazio ristò fermo. Aviva squasi scanto a votarsi verso di lei. Si sintiva 'na tali dibolizza 'n corpo che pinsava che la vista della billizza di Maruzza avrebbi potuto fargli viniri un sintòmo. Po' s'addecise.

E appena la vitti, il sintòmo gli vinni veramenti.

Pirchì Maruzza aviva lassato cadiri 'n terra il linzolo e ora era completamente nuda davanti a lui. Fu come un lampo di luci bianca che l'accecò, lo sturdì. Lentamente si piegò sulle ginocchia, cadì affacciabbocconi e, panza a terra, accomenzò a trimuliare, spirdenno a vacante tutta la sò forza d'omo dintra i cazùna.

S'arrisbigliò a prima luci, nell'istisso posto indove era caduto. Pativa d'un gran malo di testa. Si taliò torno torno. Le fìmmine avivano riportato 'n casa tavolino, seggie, sciaschi, e puliziato tutto.

Sulo la carogna del cani d'Aulissi gli fici accapire che non si era insognato ogni cosa.

Si susì di 'n terra faticoso, traballiante, 'nturdonuto, trasì 'n casa, si stinnicchiò supra al letto. L'unica era di starisinni accussì, con l'occhi chiusi, aspittanno che gli passava il malo di testa che era come se uno gli stava a martelliari dintra al ciriveddro.

Ogni tanto però, gli tornavano a la menti 'na poco di scene della notti passata e squasi non gli parivano vere, non ci accridiva, non si potiva capacitari.

Possibili che aviva vivuto quella grannissima quantità di vino, lui che di massima sinni viviva quattro bicchieri al jorno?

Possibili che aviva perso la sò forza masculina come un picciotteddro che non ha mai viduto 'na fìmmina nuda?

Possibili che la catananna che ci ammancava un annu per fari cent'anni aviva strangugliato a Grò con le sò mano?

E po' pirchì in certi momenti parlava straneo? Che parlata era?

Vuoi vidiri che Minica era 'na streca, di quelle che abballano coi diavolazzi e ficcano a tinchitè con l'armàla, una di quelle capaci di fari magarie maligne?

E pirchì potiva pirmittirisi di trattari a la gnà Pina come a 'na serva?

Tutto 'nzemmula s'arricordò che macari Maruzza aviva parlato nella stissa parlata di sò catananna. Che viniva a significari? Che puro Maruzza era 'na streca capace di fari magarie?

No, Maruzza no, le streche sunno sempri vecchie e laide, mentri Maruzza era beddra e picciotta, un vero sciuri, 'na cosa duci da liccari a picca a picca per gustarisilla meglio.

Un mumento!

La palora liccari gli fici tornari alla menti che Maruzza aviva liccato la petra macchiata e po' si era misa a ridiri pejo di sò catananna.

Pirchì l'aviva fatto? Chi gusto potiva provari a liccari 'na petra?

La risposta gli arrivò 'mprovisa come 'na cutiddrata a tradimento: la liccava pirchì quella petra era stata macchiata dal sangue di Aulissi, quanno i piscatori l'avivano posato 'n terra!

Allura viniva a diri che le dù fìmmine erano cuntente di la morti d'Aulissi!

Ma pirchì ce l'avivano tanto con quel povirazzo? Doviva essiri 'na facenna antica, infatti Minica gli aviva ditto che l'aviva già accanosciuto ad Aulissi, quanno faciva il marinaro... Ma se Aulissi era sempri stato un viddrano!

Ne era sicuro? Forsi Minica aviva ragioni, chi nni sapiva di quello che aviva fatto Aulissi mentri che lui sinni stava nella Merica?

L'ultimo pinsero di Gnazio fu che doviva sippilliri la carogna del cani, masannò, col càvudo che faciva, avrebbi accomenzato presto a fetiri.

6
Maruzza e l'acqua di mare

Verso mezzojorno, quanno s'arrisbigliò, il dolori di testa gli era completamenti passato. Si susì, niscì, pigliò lo zappuni, scavò 'na fossa luntana dall'aulivo, ci misi dintra il cani morto e la cummigliò. Doppo tornò 'n casa e si spogliò nudo.

La vista delle mutanne macchiate lo fici arrussicare di vrigogna.

Principiò a lavarisi e di subito si fermò, 'mparpagliato.

Ma la notti avanti Minica non gli aviva 'nfilato un aneddro nell'indice della mano dritta? Com'è che ora non l'aviva cchiù? Non potiva averselo perso, pirchì s'arricordò che gli stava stritto. Forsi era possibili che Minica glielo aviva sfilato mentri stava mezzo sbinuto. E qual era la scascione che non glielo aviva lassato al jito? Forsi che il matrimoniu non era arrinisciuto? Forsi che, secunno Minica, lui avrebbi dovuto usari subito a Maruzza come mogliere davanti a lei? Troppe dimanne, troppe. Megliu nun pinsaricci.

Ripigliò a lavarisi tutto, si fici la varba, si vistì e scinnì nella càmmara di mangiari pirchì aviva pititto.

Supra al tavolino granni vitti la cassata, i cannoli, i viscotti, la buttiglia di rasolio. Gli vinni gana di mangiarisi un cannolo ma s'addunò subito che era addivintato àcito, macari la ricotta della cassata era acitisca. Niscì fora, ghittò cassata e cannoli mentri i viscotti e il rasolio li sarbò nella dispensa.

Non aviva gana d'addrumari il foco, accussì si fici 'na gran mangiata di pani e aulive e di pani e tumazzo. A sicco, pero: appena si portò alla vucca un bicchieri di vino il sciauro lo sdignò, la notti avanti ne aviva abusato assà assà.

Doppo annò nel recinto delle gaddrine e si vippi un ovo frisco.

Ah, ecco! Doviva accattarisi un gaddro, a quello di prima Minica gli aviva tagliato la testa. Minchia, come sapiva maniare il cuteddro, la vecchia!

Si partì per Vigàta e arrivò al municipio che erano le quattro.

«Che devo fari per maritarmi?» spiò al primo che vitti assittato darrè a un tavolino completamenti cummigliato di carti.

«Trovari 'na fìmmina che si voli maritari con voi» fici il sucainchiostro senza manco isare la testa.

«No, io voliva sapiri quali carti abbisognano».

«Secunna càmmara a mano manca».

Trasì nella secunna càmmara a mano manca. Non c'era nisciuno. Aspittò.

Doppo 'na mezzorata trasì uno.

«Circate a qualichiduno?».

«Sissi. Vorria sapiri quali carti necessitano per maritarimi».

«Ma chi ve lo fa fari?» spiò quello.

E niscì doppo avirisi pigliato 'na poco di carti. Appresso a 'n'altra mezzorata, trasì uno tanto grasso che faticò a passari per la porta.

«L'ufficio è chiuso!» disse taliannolo malamenti.

Gnazio si squietò.

«Ma è un'ura che aspetto!».

«Va bene. Non v'incazzate che la vita è brevi. Che voliti?».

«Siccome che mi devo maritari, vorria sapiri quali carti...».

«Come vi chiamate?».

«Gnazio Manisco».

«Aspittati un momento».

L'omo taliò tra le carti che aviva supra al tavolino e po' spiò:

«Manisco Ignazio di Nicola e fu Manzella Maria?».

«Sissignuri».

«Le carti sono state richieste stamatina stissa. La pratica è stata abbiata. Non lo sapivate?».

«No. E da cu?».

«Dal signor sinnaco in pirsona. Bongiorno».

Niscì strammato. Il sinnaco? Ma se manco l'accanosceva, al sinnaco!

Passanno davanti al tirreno di Nunzio Lamatina che c'era la scritta «Uova e Pollame», s'accattò un gaddro.

Verso la scurata, mentri sinni stava a pigliari frisco sutta all'aulivo, comparse la gnà Pina.

«Sintiti, gnà Pina, oi doppopranzo annai al municipio per le carti e...».

«Lo saccio, lo saccio. Stamatina presto parlai col sinnaco. Ci abbada a tutto lui».

«Ma voi accanosciti al sinnaco?».

«Certo. Un jorno sì e un jorno no ci fazzo 'na straiuta alle gamme».

«Quanto tempo ci voli per aviri le carti pronte?».

«Un misi e vinti jorni».

«Tantu?!».

La gnà Pina si misi ad arridiri.

«Vi piacino, eh, le beddri carnuzze lisce di Maruzza? Le disiate, eh, vicchiazzo, le carnuzze frische e profumate di Maruzza? Non potiti cchiù aspittari? Non è che poi, appena siti sulo con Maruzza, vi finisce comu 'sta notti? Un misi e vinti jorni è il minimo. Tutti, in paìsi, lo devono viniri a sapiri che voi e Maruzza vi doviti maritare».

«E pirchì?».

«Per liggi e per prudenzia. Ca se c'è qualichiduno che avi cosa 'n contrario, fa a tempo a dirlo».

«Ma chi voliti ca...».

«La liggi è chista. Ed è megliu accussì».

«Pirchì?».

«Pirchì Maruzza avi qualichi difficoltà che abbisogna arrisolviri prima del matrimonio».

«Quali difficoltà?» spiò allarmato Gnazio.

«Voi primittiti a vostra mogliere Maruzza di farisi ogni tanto un bagno a mari tutta nuda?».

«E unni se lo voli fari?».

«Partennosi dalla pilaja che c'è sutta alla vostra terra».

«'Nzamà, Signuri! Nella pilaja ci sunno sempri piscatori che venno e vanno!».

«E questo l'avivamo pinsato con Maruzza. E perciò nni la casa vostra, accussì com'è ora, non ci pò viniri a bitari».

Gnazio si sintì moriri il cori.

«Non le piaci?».

«Nun è che non le piaci, ma avi bisogno di certe commidità sò alle quali ci è bituata».

«E parlati».

«Donchi. In primisi, la matina, quanno s'arrisbiglia, avi nicissità di taliare il mari. Dalla vostra càmmara di letto il mari non si vidi».

«E come si pò rimidiari?».

«Semprici. Supra alla càmmara di letto ci flabbicate 'n'altra càmmara, sulo che la finestra di 'sta càmmara devi dari a parte di mari, accussì Maruzza, quanno s'arrisbiglia, acchiana di supra e si gode la vista».

«E questo si pò fari» disse Gnazio sollivato.

«Poi c'è 'n'autra cosa».

«Basta che parlate».

«Quanno lei dici che si sente addivintari sirena...».

«Ma non le era passata 'sta fisima?».

«Le sta passanno. Ma ogni tanto le torna. Metti 'na vota ogni quattro misi, a cangio di stascione».

«E quanto le dura?».

«Una vota, le durava 'na simanata sana. Ora le dura un jorno».

«Allura che le capita?».

«Le capita che quanno si sente sirena voli stari a mari».

«Ma come fa ora?».

«Ora sta in una casa che è a cinco metri dalla pilaja. Quanno si senti accussì, si 'nfila a mari».

«Nuda?».

«Nuda. Ma stati tranquillo, è un loco solitario, non ci passa mai nisciuno».

«E ci sta tutto il santo jorno?».

«No. Ci abbastano un tri orate la matina e un tri orate la sira».

«Macari quanno fa friddo?».

«Quann'è sirena, Maruzza non senti né càvudo né friddo».

«Che devo fari per la sò commodità?».

«Voi le dovite flabbicare 'na cisterna».

«'Na cisterna 'nterrata?».

«No, a celu aperto. Voi dovite flabbicare 'na cisterna àvuta da terra un tri metri e mezzo e dintra larga un tri metri a giro a giro. Mi spiegai?».

«Una speci di tubo miso addritta?».

«Preciso».

«E Maruzza come ci trase?».

«Da supra. Voi ci flabbicate macari 'na scaliceddra per acchianare. E sempri da supra la potiti inchiri d'acqua di mari. E sutta ci faciti un pirtuso con un tuppaglio in modo che potiti scarricare l'acqua doppo che Maruzza l'ha usata. Doviti fari dù carrichi d'acqua di mari al jorno».

«E pirchì?».

«Pirchì Maruzza non si pò calari la sira nella stissa acqua della matina».

Gnazio ci pinsò tanticchia.

«Allura non è meglio se flabbico dù cisterne uguali e le inchio con un viaggio sulo?».

«Come voliti vui. E po' doviti accattari l'aneddri per il matrimonio».

«A propositu, l'aneddro che aieri notti mi misi Minica...».

«Se lo ripigliò».

«E pirchì?».

«'Sti dù aneddri hanno maritato il catananno e la catananna di Minica, il nanno e la nanna, il patre e la matre, Minica e sò marito, sò figliu e sò nora, sò nipoti e sò mogliere e ora sirbero per voi e Maruzza».

Per prima, Gnazio flabbicò la terza càmmara pricisa 'ntifica alle dù che stavano sutta e ci fici macari 'na scala di ligno che mittiva 'n comunicazioni la càmmara di letto con quella di supra. Però, a parte di mari, inveci di mittiricci 'na finestra, ci misi un balcuni granni, accussì Maruzza si godiva meglio la vista.

Appresso, tra la casa e la staddra flabbicò la prima cisterna di tri metri e mezzo d'altizza e, dintra, di tri metri a giro a giro. Ci fici macari una scaliceddra di petre che girava torno torno al muro esterno e il grosso pirtuso abbascio per scarricare l'acqua. Dintra alla cisterna ci misi a diverse altizze 'na poco di petre sporgenti, in modo che Maruzza ci si potiva appuiari con li pedi e le mano.

Calcolò a occhio che ci volivano un dumila litri d'acqua per inchirla.

La secunna, pricisa 'ntifica alla prima, l'allocò tra la casa e il cammarino di commodo.

Una sira s'arricampò la gnà Pina per vidiri il travaglio finuto.

«Mi pari propio che è quello che vuliva Maruzza» approvò.

«Ma non pò viniri Maruzza stissa a taliare? Pirchì se ci ammanca qualichi cosa si fa a tempo a...».

Era dalla notti dello strammo matrimonio che non vidiva a Maruzza.

Smaniava per poterla 'ncontrari, macari per tanticchia, per un'orata sula, sintirla parlari, arridiri, vidirla caminare...

«Non la potiti vidiri prima. 'N casa di Minica usano accussì. La chiesa è fissata tra otto jorni, alle deci del matino».

«Sintiti, ma non ci volino i testimonii?».

«Non vi date pinsero, provedo io».

Accattò 'na bella putruna, un tavolino nico, un lumi aliganti aliganti e ammobbigliò la càmmara nova.

Po' annò a parlari col figlio granni del poviro Aulissi, che si chiamava Aulissi macari lui e che era diciottino e faticatore.

«Aulì, ce l'hai sempri il carretto che aviva tò patre?».

«Sissi, don Gnazio».

«Li pò portari quattro vutti di milli litri l'una?».

«Sissi, don Gnazio».

Flabbicò 'na càmmara di tri metri per tri allocannola appresso al recinto degli armàla e ci 'nfilò le quattro vutti che s'accattò novi novi. Accussì era a posto: quanno Maruzza aviva di bisogno dell'acqua di mari,

88

Aulissi figlio d'Aulissi l'annava a pigliari col carretto e le vutti ed era fatta.

Ma ci vinni un dubbio: come avrebbi fatto a isare 'na vutti di milli litri che pisava assà per sbacantarla nella cisterna? Però po' fici 'na bona pinsata: abbastava che il carretto si fermava sulla trazzera che passava cchiù in àvuto del sò tirreno e con una semprici pompa l'acqua di mari sarebbi trasuta da sula dintra alla cisterna.

La notti prima del matrimonio non arriniscì a chiuiri occhio. Si votava e si rivotava, si susiva e si corcava.

La matina, quanno si misi davanti allo specchio per farisi la varba, aviva la facci d'un morto. Po' si vistì con l'abito del matrimonio, 'nforcò la mula e annò a maritarisi.

Ma a Maruzza non la potì vidiri. Pirchì portava un velo bianco che dalla testa le calava supra la facci accussì fitto, ma accussì fitto che non si travidiva nenti di nenti. Sulo la mano le vitti, quanno le 'nfilò l'aniddruzzo d'oro. Doppo annaro in municipio e puro lì Maruzza non si livò il velo.

Non se lo livò macari quanno annaro nella taverna di Ciccio Scimeca.

S'assittò allato a lui, chisto sì, ma non volli mangiari nenti. E diri che Ciccio Scimeca ne aviva priparato di robba! Spachetti al suco e rigatoni al suco di porcu. Maiali arrostuto e maiali col suco. Crapetto al forno con le patati. 'Nsalatina di rinforzo. Purpette al suco e custati arrosto. Ricotta e caciocavaddro. Cassata. Vino e gazzusa a tinchitè.

Erano 'n deci: Gnazio e Maruzza, la gnà Pina e Minica e sei 'nvitati li quali, essenno tutti parrocciani della gnà Pina, pativano ognuno di qualichi malatia, a uno ci trimavano le mano, uno aviva l'occhi pisciati, uno era apparalizzato a mità, uno aviva un pedi accussì gonfiato che pariva quello di un liofante, a uno ci colava il naso in continuazioni, uno tartagliava tanto che per diri una sula parola mezzorata non gli abbastava.

Comunque, l'alligria non ammancò. Stettiro a mangiari e a viviri infino alli sei.

«Voi annate avanti» disse Minica a Gnazio quanno si susero.

«E Maruzza?».

«Maruzza devi passari prima per la sò casa. Cchiù tardo ve la portamo io e la gnà Pina».

Appena che arrivò, si spogliò e si cangiò. L'emozioni l'aviva fatto sudari assà. Si lavò, s'arrivintò, si rivistì con l'altro abito novo che gli aviva fatto il sarto. Annò ad assittarisi sutta all'aulivo e, non sapenno manco pirchì, si misi a chiangiri.

La vita, pinsò, era stata fino a quel momento bona con lui. Aviva 'na bella propietà e 'na mogliere che ci volivano occhi per taliarla.

«Spiramo che continua accussì» si disse.

Appresso, che già scurava, sintì uno scruscio di carretto. Annò nella trazzera. Era un carretto che lo portava Minica e supra ci stavano la gnà Pina e Maruzza che si era cangiata d'abito ma aviva sempri il velo fitto 'n facci.

All'altizza del cancello di ligno, Minica fermò il carretto, attaccò le briglie al cancello stisso, scinnì.

«Pigliate i sacchi» fici a Gnazio.

I sacchi erano quattro, ma liggeri. Era la robba di Maruzza. Li portò 'n casa e niscì novamenti. Maruzza sinni stava addritta supra al carretto.

«Pirchì Maruzza non scinni?».

«Pirchì la doviti pigliari voi nelle vrazza e portarla dintra alla vostra propietà».

S'avvicinò al carretto, stinnì le vrazza. Maruzza si calò, lui l'affirrò per i scianchi e lei gli s'aggrappò al collo. La portò fino a sutta all'aulivo. Ma patì come un addannato. Pirchì erano abbastati quella decina di passi a fargli sintiri il calori del corpo di Maruzza, il sò sciauro. Una minna di lei, dura, citrigna, puntuta, a momenti gli spurtusava il petto. La forza masculina accomenzò a crisciri dintra i sò cazuna e lui si scantò che annava a finiri come quella sira del primo matrimonio.

«Nui annamo a sistimari la robba di Maruzza» fici Minica.

E sinni trasì 'n casa 'nzemmula a la gnà Pina.

«Me la priparasti la cisterna?» spiò Maruzza.

«Tinni flabbicai dui. Le voi vidiri?».

«Sì» fici lei pruiennogli la mano.

Matre santa, che mano càvuda che aviva! La guidò alla cisterna vicina al cammarino di commodo. Lei la taliò, acchianò supra la scala, arrivò 'n cima, si calò a taliarla di dintra, scinnì.

«Bona. E quello che è?».

«Il cammarino di commodo».

«Lo voglio vidiri».

Bello, pulito, coi dù càntari.

«E appresso che c'è?».

«Il forno e la dispenza».

«Li voglio vidiri».

Prima annarono nella dispenza. Granni e china di cose da mangiari. Po' passaro nel cammarino del forno.

Allura Maruzza fici 'na cosa che lui non s'aspittava. Gli lassò la mano che gli aviva sempri tinuta e si calò 'nfilanno la testa dintra alla vucca del forno. Parlò e la sò voci gli arrivò assufficata, come se gli stava parlanno 'n cunfidenza, all'oricchio.

«Ti voglio provari».

«Eh?» fici Gnazio.

«Ti voglio provari» ripitì Maruzza.

E siccome Gnazio nun si cataminava, Maruzza, senza spostarisi dalla sò posizioni, portò le mano narrè e si sollevò la gonna fino a supra i scianchi. Gnazio ebbe 'na virtigini. Sutta, Maruzza era completamente nuda. Di colpo, parse che dintra al cammarino era spuntata 'na luna tunna tunna, bianca, liscia, lucenti. Trimanno, Gnazio si calò i cazùna e accomenzò a lento a trasire dintra a lei. Ma come faciva a diri che non aviva la natura? Ci l'aviva, eccome se ci l'aviva, càvuda, stritta stritta, umita. E quanno fu tutto trasuto, Maruzza disse:

«Resta accussì».

Si fermò, muzzicannosi la lingua pirchì non ce la faciva a non continuari. Po', doppo 'n'eternità, Maruzza fici:

«Nesci. Mi stai bene».

Obbedì. La forza mascolina ora era addivintata tali che gli faciva dolori e dovitti faticari a rimittirla, macchiata di sangue com'era, dintra ai cazùna. Nun ci voliva stari. Macari Maruzza si era assistimata la gonna doppo essirisi puliziata 'n mezzo alle gamme. Non si era mai livata il velo dalla facci. Niscero tinennosi per mano. Gnazio le fici vidiri la staddra, il recinto e l'altra cisterna. Po' trasero in casa.

La gnà Pina e Minica avivano finuto di assistimari la robba e ora sinni stavano nella càmmara di mangiari a vivirisi un bicchireddro di vino.

«Voglio vidiri il resto della casa» fici Maruzza.

L'accompagnò nella càmmara di dormiri e doppo la fici acchianari nella càmmara nova. Di subito Maruzza currì al balcuni.

«Quant'è bello! Veni, Gnazio».

«No».

«Pirchì?».

«Il mari non mi piace».

Maruzza trasì, lo taliò.

«Io ci vorria campare sempri dintra» disse.

E po', videnno che Gnazio stava facenno 'na facci ammalinconuta:

«Non ti prioccupari, propio pirchì semo accussì diversi camperemo d'amori e d'accordo».

Fu allura che Gnazio notò, supra al tavolineddro, 'na conchiglia, di una sissantina di centilimetri, virdi bianca e marrò, che pariva di màrmaro e che si partiva tutta 'ntorciuniata e via via s'allargava finenno con una speci di vucca a trombone. Mai ne aviva viduta una eguali.

«Che è?».

«È una conchiglia che un marinaro portò a mè patre dall'India. Si chiama turbo marmorato. Mi serve quanno canto».

«Nui ce n'annamo» disse da abbascio Minica.

Scinnero, accompagnaro le dù vecchie fino alla trazzera, aspittaro che il carretto partiva, tornaro di cursa 'n casa, acchianaro nella càmmara di letto, Maruzza si livò finalmenti il velo e lo vasò.

Oh vuccuzza di meli! Oh labbruzza di menta!

A longo, a longo, a longo continuò a vasarlo senza mai staccari le labbra mentre che si spogliavano, mentre che cadivano supra al letto, mentre che principiavano a fari all'amori.

7
Notizie di vita coniugale

Gnazio s'arrisbigliò tanticchia cchiù tardo dell'orario solito, che era sempri appena fatta l'alba. Maruzza non era corcata allato a lui, si era già susuta.

Forsi che era scinnuta a vivirisi tanticchia di latte di crapa o un ovo appena fatto, càvudo càvudo?

Po', inveci, la sintì cantare a voci àvuta. Doviva essiri al piano di supra, a taliare il mari.

Si susì, acchianò la scala di ligno, trasì nella càmmara ma non avanzò, non si fici avanti, un passo ancora e avrebbi di nicissità dovuto vidiri il mari.

Inveci, accussì unn'era, arretrato, potiva taliare a Maruzza nuda, coi capilli biunni che le arrivavano fino ai pedi, appuiata alla ringhiera del balcuni che gli votava le spalli.

Affamato com'era stato delle sò carni, la notti avanti non aviva saputo se dari sfogo prima a carizzarla centilimetro appresso centilimetro o a naschiarla parmo a parmo, se a gustarisilla liccannola tocco a tocco o a taliarla pirtuseddro doppo pirtuseddro della pelli o a sintiri, con l'oricchio incoddrato a lei, come le batteva il cori, come respirava.

'Nzumma, era stato tutto uno stringi stringi, un trasi e nesci affannato, 'na convursioni continua. Priciso 'ntifico a 'n'abbuffata di mangiari, che a un certo punto non accapisci cchiù se ti stai mittennoti nni la vucca carne di maiali o d'agneddro.

Ora che la potiva considerare, carmatosi tanticchia il desideriu, ma sulo tanticchia, si tenni a malappena di cadiri agginocchiuni e fari al corpo di Maruzza 'na prighera di ringraziamentu sullenne, come si fa per un miracolo, per 'na grazia del celu. Stava a taliarla come si talia un paisaggio che t'affata, la curva duci dei scianchi, le dù colline appaiate e addivise sulo da una valliceddra stritta, la schina ch'era 'na chiana da seminare 'stati e 'nverno, il darrè delle gamme che erano dritte come àrboli giuvani.

Maruzza tiniva nella mano dritta la granni conchiglia e ci cantava dintra.

Cantava a mezza vuci senza palore.

«O mari» diciva «ti voglio contare la mè contintizza d'aviri passato la nuttata tra le vrazza di un omo che è un vero omo. Ti voglio diri che ora finalmenti saccio che cosa è l'amori, dari e pigliari, avarizia e spergo, ducizza e amarizza... E fari all'amori è come la tò onda quanno arrisacca a lento a lento avanti e narrè, avanti e narrè, in un moto che purtroppo nun è eterno come il tuo, dura troppo picca, però a nui abbasta chisto picca per farci filici...».

Po' Gnazio dovitti fari qualichi movimento, pirchì Maruzza s'interrumpì e si votò. Gli arridì, trasì, posò la conchiglia, lo pigliò per mano e se lo portò a letto.

Una sira d'ottobriro, che si erano appena corcati e

Gnazio aviva principiato a circarla pirchì Maruzza non gli abbastava mai, lei gli disse:

«Stanotti no».

«Pirchì?».

«Mi farebbi dolori».

«E pirchì dovirria fariti dolori?».

«Pirchì mi staio sintenno chiudìri».

«Che veni a diri?».

«L'hai mai viduta 'na vongola a mari? Si rapri e po' si chiudi, 'nserrata. Mi sta accomenzanno la cosa che ti disse la gnà Pina. Perciò priparati a fari quello che devi fari».

Alle sett'arbe Gnazio affirrò la mula e currì dal figlio d'Aulissi.

«'Mpaia di cursa il carretto e veni appresso a mia».

Pigliaro le quattro vutti e le carricarono nel carretto. Maruzza li taliava dal balcuni, aviva la conchiglia 'n mano ma non cantava.

«Fino a quanno sunno vacanti» fici Aulissi «io ci la fazzo a farle scinniri dal carretto nella pilaja e po' a inchirle d'acqua di mari. Ma quanno sunno chine, da sulo non ce la fazzo a rimittirle supra al carretto. Addiventano troppo pisanti. M'abbisogna minimo 'na mano d'aiuto».

«Ma io non me la sento di viniri».

«Allura mi fazzo aiutare da qualichi piscatori che pilaja pilaja ci nn'è sempri qualichiduno. Ma se voli essiri pagato?».

Gnazio gli desi 'na poco di sordi e quello sinni partì.

«Chi è questo picciotto col carretto?» gli spiò Maruzza.

«È Aulissi, il figlio d'Aulissi Dimare. Te l'arricordi quello che si ammazzò ghittannosi a mari...».

«Me l'arricordo» l'interrumpì Maruzza. «Assimiglia tutto a sò patre».

Chiacchiariarono ancora tanticchia e po' Gnazio sinni annò a travagliare. Fu mentri zappuniava per cogliere le patate che gli tornò a menti 'na cosa che Maruzza aviva ditto e cioè che Aulissi figlio d'Aulissi assimigliava tutto a sò patre. Ma quann'è che Maruzza aviva accanosciuto ad Aulissi patre? Quel jorno che Aulissi patre era vinuto a innestare l'àrboli e po' si era ammazzato, non aviva avuto la possibilità d'incontrarisi con sò mogliere. Però era stato viduto dalla catananna che l'aviva scangiato per un altro. Forsi era stata Minica a parlarinni con Maruzza e a dirle com'era fatto quell'omo. Non ci pinsò cchiù.

Aulissi tornò doppo un tri orate. Gnazio gli annò incontro nella trazzera riggenno 'n mano un capo della pompa. L'altro capo l'aviva già 'nfilato dintra alla prima cisterna.

«Fermati ccà. Pirchì ci mittisti tanto?».

«Don Gnazio, persi tempo pirchì non attrovavo a nisciuno che m'aiutava. Po' arrivaro dù piscatori, ma vosiro tutti i sordi che aviva».

Gnazio accapì subito che non era vero, quelli macari l'avivano aiutato senza farisi pagare, e Aulissi si era miso 'n sacchetta i sordi. Era furbo come a sò patre, il figlio d'Aulissi.

Data la forti pinnenza, l'acqua di mari si travasò nelle dù cisterne ch'era 'na billizza. Rimisero le vutti al posto sò e Aulissi, doppo avirisi fatto pagare quello che avivano stabilito, sinni ripartì col carretto.

«Marù, l'acqua pronta è».

Maruzza scinnì dalla càmmara di letto cummigliata dal sulo linzolo e con la conchiglia 'n mano. Niscì fora, annò alla prima cisterna, acchianò la scaliceddra, si livò il linzolo, s'assittò supra al bordo, posò la conchiglia e po', riggennosi con le dù mano, si calò nell'acqua, scomparse. Gnazio, che era ristato affatato a taliarla, vitti spuntare la mano di lei che affirrò la conchiglia portannusilla sutta. Doppo tanticchia la sintì cantare.

«O acqua di mari prigioniera come a mia» cantava «forsi un jorno torneremo a essiri liberi come 'na vota... Te l'arricordi che milli anni fa tu jocavi con mia e m'arrigalasti un delfino? E io, quann'era stanca di natari, l'abbrazzavo e lui mi portava luntano luntano...».

Era 'na canzoni tanto malinconiusa che Gnazio, per non sintirla, pigliò lo zappuni e sinni ghì a travagliare. Ma macari luntano com'era, le palore della canzoni di Maruzza gli arrivavano chiare. Ora ne stava cantanno un'altra che diciva quant'era bello quanno ti piglia il sonno, il munno che stai talianno torno torno a tia a picca a picca perde i culura, addiventa grigio e le parpibri non ce la fanno a stari isate...

Come fu e come non fu, a Gnazio gli vinni 'na tale botta di sonno che si stinnicchiò sutta a 'n'àrbolo e s'addrummiscì. Tanticchia prima di sprufunnari nello scuro del sonno, sintì che Maruzza aviva cangiato canzoni.

«O amori mio disiato, o amori mio beddro come il

soli, non farmi cchiù aspittari, io sugno nuda 'n mezzo all'acqua di mari che m'accarizza come le tò mani...».

Quanno s'arrisbigliò talianno il soli accapì che aviva dormuto minimo minimo un quattro ure e che si era fatto tempo di mangiari.

Maruzza aviva priparato pasta e fasoli e carni col suco. Ma aviva conzato un posto sulo.

«E tu non mangi?».

«Mi sento sazia» fici Maruzza.

Aviva la facci cuntenta e sotisfatta, biata. Com'era possibile che era addivintata ancora cchiù beddra? Era questo l'effetto che le faciva il bagno nell'acqua di mari? Ogni tanto si passava la punta della lingua supra le labbra e appresso sorridiva, come persa darrè a un pinsero sò. Stava assittata davanti al marito che aviva accomenzato a mangiari e a Gnazio, taliannola, gli parse precisa 'ntifica a 'na gatta che si era allura allura sbafato un sorci.

«La cisterna funzionò?».

«Funzionò».

«L'acqua t'abbastò?».

«M'abbastò».

«Allura, appena finiscio di mangiari, levo il tappo e sbacanto la prima cisterna».

«No» fici Maruzza. «Lo devi fari stanotti quanno c'è scuro fitto».

Verso le cinco di doppopranzo Maruzza si calò nella secunna cisterna e ci stetti, cantanno, fino all'otto.

«Domani hai di bisogno novamenti d'acqua?» le spiò Gnazio.

«No».

«Pozzo sbacantare la cisterna?».

«Chista sì. L'altra sulo con lo scuro».

Quanno, prima d'annarisi a corcare, Gnazio stappò la prima cisterna, l'acqua in principio niscì a funtana, appresso accomenzò a stintari, come se c'era qualichi cosa che in parti attuppava il pirtuso. Non c'era luna e non si vidiva nenti. Allura Gnazio addecise di lassari il tuppaglio levato in modo che la cisterna potiva continuare a sbacantarsi durante la nuttata.

«Porta pacienza fino a dumani» gli fici Maruzza con la vuci assunnata quanno Gnazio la circò con le mano.

All'indumani, alla prima luci, Gnazio s'arrisbigliò. Maruzza, cosa stramma, durmiva ancora. Forsi le sei ure passate dintra all'acqua di mari l'avivano allaccariata, stancata. Dalla finestra trasiva 'na lama di luci che annava a posarisi propio supra alla panza scoperta di Maruzza che, per il càvudo, aviva scummigliato il linzolo. Stava corcata supra la schina, le gamme leggermente allargate, un vrazzo darrè la testa, l'altro che pinnuliava dal letto. Gnazio si acculò e la taliò da vicino. Ca quali sirena e sirena! Fìmmina era, eccome se era fìmmina! La natura fimminina era indove doviva essiri. Che minchiate gli contava Maruzza?

Però, mentre scinniva abbascio, gli vinni un pinsero. Lui, il jorno avanti, non aviva avuto modo di taliarla accussì. Epperciò capace che Maruzza il jorno avanti non ce l'aviva, le si era chiuiuta, e che le era tornata sulo durante la nuttata. Ad ogni modo, la cosa veramente 'mportanti, anzi l'unica, era che ora c'era.

Verso mezzojorno, che stava a travagliare, si sintì chiamare da Maruzza affacciata al balcuni.

«Gnazio! Veni ccà che ti cercano».

Sutta all'aulivo c'erano dù pirsone vistute di cità. Uno era un quarantino tracagno con l'occhiali d'oro, l'altro era cchiù picciotto.

«Sbirri» pinsò subito Gnazio.

Pirchì gli sbirri, tanto a Vigàta quanto a Novaiorca, sunno sempri uguali. E infatti.

«Sono il delegato Pàmpina» disse quello con l'occhiali. «E questo è la guardia Prestia. Voi siete Manisco Ignazio?».

«Sissi. Lo voliti un bicchieri di vino?».

«No».

«Voliti trasire 'n casa?».

«Sì».

Trasero, Pàmpina e Gnazio s'assittaro, Prestia ristò addritta.

«Voi lo conoscete un diciottenne che si chiama Dimare Ulisse?».

«'Nca certo».

«È vero che ieri mattina molto presto siete andato a chiamarlo perché avevate bisogno di lui e del suo carretto?».

«Vero è».

«Raccontatemi quello che avete fatto».

Gnazio glielo contò. Il diligato parse tanticchia 'mparpagliato.

«Ma perché avete bisogno di tanta acqua di mare?».

Gnazio gli disse 'na mezza virità.

«Pirchì a mè mogliere ogni tanto piaci farisi un bagno nell'acqua di mari».

«Perché non va alla spiaggia che è vicina?».

«Io non pozzo accumpagnarla e nella pilaja ci sunno piscatori assà».

«Capisco. E dopo che il giovane se ne è andato col carretto l'avete più visto?».

«Nonsi».

«E vostra moglie?».

Inveci d'arrispunniri, Gnazio chiamò a Maruzza. E appena quella comparse dalla scala di ligno, disse:

«Spiatelo a lei».

Di quanto fusse beddra Maruzza, Gnazio sinni addunò dal sàvuto che il diligato fici dalla seggia mittennosi addritta squasi sull'attenti. Prestia inveci ebbe come un liggero mancamento e s'appuiò al tavolino.

«Si... si... signora» disse il diligato. «Mi... mi dispiace disturbarla, ma devo domandarle se ieri mattina...».

«Tutto sintii» l'interrumpì Maruzza. «No, a questo picciotto non l'ho cchiù viduto doppo che portò l'acqua».

«Grazie» disse Pàmpina.

«Pregu» disse Maruzza.

E sinni riacchianò.

«Pozzo sapiri che è successo?» spiò Gnazio.

«Il picciotto è tornato a casa col carretto, ma dopo un poco ha detto a sua madre che andava via perché aveva sentito una voce che lo chiamava e da allora non è più rientrato. Mi fate vedere dove vostra moglie fa il bagno?».

Gnazio li portò alla prima cisterna. Si addunò che durante la notti si era completamente sbacantata e rimise il tuppaglio.

«Perché non le avete fatto costruire una vasca?» spiò Pàmpina.

«Pirchì nella vasca la potivano vidiri tutti quelli che passavano dalla trazzera».

«Giusto» disse il diligato. «Noi ce ne andiamo. Secondo me, stiamo perdendo tempo. Quel picciotto se ne sarà andato appresso a qualche femmina».

Quanno il diligato e la guardia sinni annarono, Maruzza conzò la tavola con un posto sulo.

«E tu non mangi?» le spiò Gnazio.

«Non ho pititto».

«Ti senti bona?».

«Mi sento a posto, non ti fari viniri prioccupazioni. Ti dico 'na cosa?».

«'Nca certo».

«Al diligato non ce la dissi la virità. Aulissi, doppo tanticchia che tu eri annato a travagliare, tornò. Mentri io stavo dintra alla cisterna, tutto 'nzemmula ci trasì macari lui nudo, e m'abbrazzò. Voliva fari la cosa con mia, pariva nisciuto pazzo».

Gnazio di colpo si sintì arso.

«E allura?».

«Allura io l'agguantai bona e ci tenni a longo la testa sott'acqua. Doppo lo lassai. Mezzo annigato, arrinisci ad attirrarisi al bordo della cisterna, niscì fora e scappò».

«Pirchì non me lo contasti subito?».

104

«Pirchì se te lo contavo tu annavi a trovarlo e l'ammazzavi. Ora devi circare a qualichiduno novo che va a pigliari l'acqua».

Passata la raggia momentanea, Gnazio pinsò a quant'era fortunato ad aviri 'na mogliere che non si scantava di nenti e di nisciuno.

La sira, tornato per mangiari, trovò un posto sulo conzato.

«Ancora?! Manco stasira mangi?».

«Non ti dari pinsero».

In compenso, quanno si annaro a corcari, Maruzza s'addimostrò affamata d'autre cose. Ma ripigliò a mangiari normali cinco jorni appresso.

«Capace che le capita accussì doppo che si è sintuta sirena» si fici pirsuaso Gnazio.

Doppo 'na poco di misi che s'erano maritati, Maruzza, 'na sira che si stavano corcanno, gli disse a voci tanto vascia che lui in prima non accapì:

«Prena sugno».

«Eh?».

«Sugno prena. Aspetto».

L'amozioni di Gnazio fu tali che sciddricò dal bordo del letto indove che stava assittato e sbattì col culu 'n terra.

«Maria! Maria! Maria!» arripitiva e non arrinisciva a diri altro.

E po' si misi a chiangiri come un picciliddro per la contintizza. Maruzza allura con una mano l'affirrò per i capilli, se lo tirò novamenti nel letto, se lo fici stinnicchiare di supra.

L'indomani, alla scurata, passò la gnà Pina che ogni tanto si fermava, si viviva un bicchireddro di vino e stava tanticchia a chiacchiariare. Maruzza le disse la bella nuvità.

«Jemo nni la càmmara di letto» disse la gnà Pina.

Gnazio fici per annare appresso alle fìmmine.

«Voi no» ordinò arrisoluta la vecchia.

Ma Gnazio era pigliato da troppa curiosità. Aspittò tanticchia, si livò le scarpi e acchianò fino all'altizza della càmmara di letto. Taliò dintra sporgenno appena la testa. Vitti la gnà Pina pigliari la bacinella, mittiricci dintra tanticchia d'acqua e posarla supra la panza di Maruzza che stava corcata nuda. Po' 'nfilò la mano dintra al sacco, arrimistiò, tirò fora 'na buttiglieddra bianca nica nica, girò il tappo macari lui di vitro bianco e fici cadiri cinco gucce di un liquito virdi nell'acqua. Rigirò il tappo, 'nfilò novamenti la buttiglieddra dintra al sacco. Appresso, tutta calata in avanti, si misi a taliare dintra alla bacinella mentri diciva:

Criatura ca Diu ti manna
rispunni alla mè dimanna,
in nomu di Giuseppi e di Maria
duna risposta a la magaria,
si la risposta non mi voi dari
lu foco eterno ti devi abbrusciari,
se inveci la risposta mi darai
in paci cu 'u Signuri camperai.
Tempu ti dugnu fino a tri,
ma tu dimmi di no o di sì.

Si rimise dritta, allargò le vrazza, chiuì l'occhi, fici un giro lento lento supra a iddra stissa.

«E unu».

Secunnu giro.

«E dù».

Terzo giro.

«E tri».

Raprì l'occhi, taliò dintra alla bacinella, disse:

«Mascolo è!».

Gnazio vitti tutto farisi scuro scuro e sbinni arruzzuliannosi scala scala. Per picca non si rumpì l'osso del coddro.

Al momento di ghirisinni, la gnà Pina spiò a Maruzza:

«Voi che lo dico a tò catananna?».

Gnazio pinsò allura che era dal jorno del matrimoniu che Minica non si faciva vidiri. Meglio accussì.

«Diciticcillo» arrispunnì Maruzza.

Ma l'indomani a sira la gnà Pina portò la risposta della catananna:

«Se era fìmmina vinivo, ma per un mascolo non mi catamino».

Ma come? Arriversa ora ammagliavano i pisci? Non con la vucca ma con la cuda? Non si era sempri saputo che un figlio mascolo viniva a diri ricchizza della casa? Mentri 'na figlia fìmmina valiva picca e nenti? Ma come arraggiunava quella vecchia stolita?

Appena principiò il cangio di stascione, Maruzza avvirtì a sò marito:

«Massimo tra tri jorni mi devi fari inchire le cisterne».

Gnazio s'accordò con un altro vicino che si chiamava Timpanaro e che aviva un carretto.

«Però aiu di bisogno a uno che m'aiuta» disse Timpanaro.

«Va beni».

«Mi porto a mè frati Giurlanno».

Quanno Maruzza gli disse che aviva di bisogno dell'acqua il jorno appresso, Gnazio, doppo aviri avvirtuto a Timpanaro, addecise di dari 'na puliziata alle cisterne. Accomenzò dalla secunna. Pigliato un cato chino d'acqua, si calò difficoltoso dintra alla cisterna, livò dal funno le foglie e dù lucertole morte, ci sbacantò il cato. Doppo passò alla prima cisterna e fici le istesse cose. C'erano foglie e tri scrafagli morti. Ma mentri stava per ghittare supra al funno il cato con l'acqua, s'addunò che dal pirtuso che sirviva a sbacantare la cisterna, sporgiva 'na cosa bianca. Si calò, la pigliò. Era un osso granni, bastevolmente frisco e completamente sporpato. Dovivano essiri stati i surci a portarlo là dintra. Stette a considerarlo tanticchia, circanno di capire a quali armàlo potiva appartiniri. Non ci arriniscì e lo ghittò.

8
Quattro nascite, una morte e la casa che cresce

A otto misi la panza di Maruzza pariva un tammuro. Gnazio la sira, quanno si corcavano, appuiava l'oricchio supra alla panza di lei e ascutava sò figlio che si cataminava e tirava càvuci come un puletro.

«Dato che è mascolo, che nome ci voi mettiri?» gli spiò Maruzza 'na simanata prima del tempo dello sgravamento.

«Mittemocci il nome di tò patre».

«No. Attocca mittiricci quello di tò patre. Come si chiamava?».

«Cola. Ma...».

«Nenti ma. Si chiamerà Cola».

A Maruzza l'acque si rompero che per fortuna c'era prisenti la gnà Pina.

A un certo momento Maruzza si misi a lamentiarisi e Gnazio, non riggenno, sinni scappò nella trazzera cchiù luntano che potiva. Po' s'assittò supra 'na petra e ristò accussì fino a quanno non si sintì chiamari dalla gnà Pina tutta cuntenta:

«Gnazio! Unni siti? Veniti ccà che vostro figlio vi voli!».

Cola Manisco nascì all'arba del primo jorno del primo misi del milli e novicento.

«Prena novamenti sugno» fici Maruzza 'na sira che si stavano corcanno.

Erano passati tri anni dalla nascita di Cola.

Il quali Cola 'ntanto era addivintato un picciliddro che una ne faciva e cento ne pinsava.

Àvuto che pariva aviri setti anni, forti, tistardo, arrisoluto, trasiva dintra alla staccionata delle gaddrine, pigliava l'ova, uno se lo sucava e l'altri, ammucciato tra i rami dell'aulivo indove che acchianava come 'na scimia, li tirava 'n testa a chi s'attrovava a passari per la trazzera. Aviva 'na mira che non sbagliava un colpo. Opuro 'n'altro spasso che si pigliava era quello d'appostarisi, alla scurata, vicino alla trazzera e, appena che s'avvicinava qualichiduno a pedi o a cavaddro, faciva il verso del lupo. Indove l'aviva sintuto? Indove l'aviva 'mparato? Fatto sta che appena che lo sintivano, mascoli e fìmmine, se erano a pedi, sinni scappavano facenno voci di spavento, ma se erano a cavaddro, la vestia s'appagnava tanto che spisso faciva cadiri 'n terra l'omo che aviva di supra.

L'unica cosa che lo scantava era il mari.

«Se continui a fari il tinto» lo minazzava Maruzza «ti porto alla pilaja e ti ghetto a mari».

«No, no, il mari no!».

Tutto priciso 'ntifico a sò patre.

«Spiramo che stavota è fìmmina» continuò Maruzza.

La sira stissa, doppo aviri fatto la magaria della bacinella, la gnà Pina confirmò:

«È fìmmina».

L'indomani arrivò sparata la catananna Minica.

Donchi, facenno i conti giusti, doviva aviri un centotri anni. Inveci pariva che ne aviva persi 'na vintina.

Ma com'era possibile? Sicuramenti aviva fatto un patto coi diavolazzi.

S'appresentò filici e cuntenta, abbrazzò e vasò a Gnazio mentri che con la mano lo tastiava nella parti vascia:

«Ancora è bono pi 'n'autra decina di figli» gli disse all'oricchio con quella sò voci càvuda, da fìmmina di letto.

Po' si portò a Maruzza di supra, nella càmmara di dormiri. Stavota Gnazio non ebbi curaggio di annari a vidiri quello che Minica faciva a sò mogliere. Appresso li sintì cantare a tutte e dù dal balcuni.

«O mari» facivano le palore «ti damo 'sta bella e sullenne notizia. Sta nascenno 'na nova tò figlia».

Gnazio si siddriò. Pirchì dicivano che il patre di sò figlia era il mari? Che ci accucchiava il mari?

Non ebbe gana di sintiri cchiù nenti, s'attappò le oricchi con le mano e sinni annò ad assittare sutta all'aulivo.

«Che nome ci mittemo?» gli spiò Maruzza dù misi prima del tempo dello sgravamento.

«Tò matre aviva un nome strammo, mi pari. Come si chiamava?».

«Resina» arrispunnì Maruzza.

«Come quella che fanno certi àrboli?».

Maruzza arridì.

«L'àrboli non c'entrano. Ma se non ti piace, la putemo chiamari Minica come a mè catananna».

«No, mi piaci chiossà Resina».

Gnazio, che alla notizia di una figlia fìmmina era ristato in prima tanticchia sdilluso, a picca a picca accomenzò a provari cuntintizza, n'altra fìmmina nella casa mittiva quilibrio. Pirchì di jorno in jorno Cola addivintava sempri cchiù squieto.

Allura gli vinni di fari 'na bella pinsata. Una matina alle cinque s'avvicinò al letto di Cola che durmiva nella loro stissa càmmara e lo chiamò.

«Che c'è, patre?».

«Susiti, lavati e vestiti».

«Pirchì?».

«Pirchì vinni il tempo che veni a travagliare con mia».

E se lo portò appresso a malgrado che aviva quattro anni e non arrinisciva a tiniri 'n mano lo zappuni. Accussì, per la stanchizza del travaglio, forsi Cola finiva di fari tinturie. E infatti Gnazio c'inzertò. Ora, quanno posavano i zappuna alla scurata, Cola era accussì stanco che appena trasivano nella casa mangiava, si corcava e s'addrummisciva di botto.

'Na sira, che erano passati dù jorni dal tempo dovuto, doppo aviri visitato a Maruzza, la gnà Pina disse:

«Dumani nasci di sicuro».

«Priparami la cisterna» fici Maruzza.

«O matre santa!» sclamò Gnazio. «Ti sta piglianno la cosa? Non è ancora stascione! E po', se addiventi sirena, d'unni nesci la criatura?».

«No, è per 'n'altra ragioni» arrispunnì Maruzza «voglio che Resina nasci nell'acqua di mari. M'abbasta 'na sula cisterna».

Alle sett'arbe Gnazio annò a chiamare a Timpanaro che 'mpaiò il carretto, carricò dù sule vutti, scinnì alla pilaja, le inchì d'acqua di mari, tornò e le sbacantò nella cisterna.

Un tri orate appresso, Maruzza ci s'infilò aiutata dalla gnà Pina che si mise stinnicchiata supra al bordo a taliare dintra e a dari cunsigli.

Gnazio pinsò che la meglio era d'annarisinni a travagliare portannosi appresso a Cola.

Avivano appena accomenzato a zappuniari che la gnà Pina chiamò.

«Gnazio! Viniti ccà! Prestu!».

«Vegno macari io?» spiò Cola.

«No, tu continua a travagliare».

Si misi a curriri. Quanno arrivò, vitti alla gnà Pina addritta all'urtimo gradoni della scaliceddra. Da dintra della cisterna arrivavano i lamenti di Maruzza.

«Sintiti, Gnazio. Io devo aiutare a Maruzza, la cosa s'appresenta difficili. Perciò mi devo sporgiri assà verso di iddra, ma mi scanto che cado dintra alla cisterna. Mi doviti tiniri».

«Va beni».

Acchianò e quanno della gnà Pina ristarono fora sulo le gamme, l'affirrò per i pedi e la tenne sospisa.

Ogni tanto la gnà Pina faciva voci:

«Tiratimi fora! Tiratimi fora!».

E Gnazio la tirava fora. La vecchia assumava con la facci russa russa.

«Mi scinnì il sangue alla testa».

Basta, la facenna durò un dù orate. Alla fine la gnà Pina, sempri mezza 'nfilata dintra, sclamò:

«Fatta è! Nascì!».

E doppo tanticchia:

«Tiratimi fora!».

Gnazio tirò e la vecchia vinni fora tinenno stringiuta al petto con una mano la criatura. Po' la gnà Pina s'assittò nel bordo e se la mise supra alle ginocchia.

«Com'è Maruzza?».

«Bona. Non v'apprioccupati».

Sulo allura Gnazio taliò a sò figlia. E si sintì aggelare.

La criatura non era cosa d'omo, era un mostro che non si potiva manco taliare. Fino alla panza era giusta, ma sutta alla panza non aviva ne gamme né pedi, da lì si partiva la cuda di un pisci tutta squami squami.

Allura Gnazio accomenzò a trimari, a cimiare avanti e narrè e gli vinni di vommitare.

«Che vi piglia?» spiò la gnà Pina.

«È... è... un pisci!».

«Ma non diciti minchiate! Quali pisci e pisci! Chista è la cammisa! Resina è nasciuta con la cammisa! Veni a diri che sarà 'na fìmmina fortunata. Ora la lavo e la cammisa sinni va».

Si votò, calò la criatura dintra alla cisterna, la tenne tanticchia accussì lavannola e quanno la tirò novamenti fora, a Resina erano spuntate le gamme e i piduzzi. Gnazio notò che aviva i capilli biunni e longhi.

Quel jorno istisso che Resina nascì, la catananna Minica addecise che era tempo di moriri.

La notizia la portò la gnà Pina a Maruzza mentri Gnazio e Cola stavano a travagliare. Allura Maruzza, chiangenno, acchianò nella càmmara di dormiri, affirrò la conchiglia, annò al balcuni e accomenzò a cantare.

Le palore arrivarono a Gnazio a malgrado della distanzia.

«O mari, falle trovari 'na correnti bona alla mè catananna che a tia torna, 'na correnti càvuda e amurusa che la porta alla nostra grutta segreta indove i delfini jocano con le balene...».

Gnazio si misi a curriri, trovò alla gnà Pina assittata sutta all'aulivo.

«Come morse?».

«Mi contaro in paìsi che stamatina, alla stissa ura che Resina stava nascenno, Minica niscì dalla casa, s'avviò alla pilaja, si spogliò e si ghittò a mari. Un piscatori se ne addunò e si ghittò macari lui a mari per salvarla. Ma non ci fu verso, Minica era troppo viloci a natare. A un certo punto il piscatori non la vitti cchiù».

«Ma l'urtima vota che vinni ccà stava beni, pariva addivintata cchiù picciotta».

«E infatti il piscatori, quanno gli dissiro che a mari si era ghittata 'na vecchia di chiossà di cent'anni, non ci voliva cridiri. Disse che a lui, vidennola nuda, era parsa 'na picciotteddra vintina. E po' il piscatori disse 'n'autra cosa».

«Che cosa?».

«Che la sintiva che cantava mentri che annigava».

Per i primi tempi, dormero tutti e quattro nella stissa càmmara, a Resina la corcavano 'n mezzo a loro dù nel letto granni, accussì appena che le viniva pititto Maruzza la potiva allattare girannosi verso di lei.

Ma con la picciliddra tra loro dù e Cola che stava nel sò letto a mezzo metro e s'arrisbigliava alla minima rumorata, vinni la quaresima per Maruzza e Gnazio che ancora, doppo dù figli, la gana d'abbrazzarisi e di fari all'amori non ci passava mai.

Un jorno non si tennero cchiù e lo ficiro addritta nel forno, come la prima vota che si erano accanosciuti carni con carni. Lo dovittiro fari di prescia pirchì Cola jocava nelle vicinanze.

Perciò Gnazio s'arrisolse a ingrannire la casa.

A mano dritta della càmmara di mangiari, a tri metri di distanzia e in currispunnenza coi dù angoli, flabbicò dù colonne quatrate àvute tri metri e unite da un muro àvuto eguali.

Lo stisso fici a mano manca.

Po' tirò un tetto di travi di ligno che da un capo erano appuiate alle colonne e al muro che le univa, mentri dall'altro capo erano infilate nel muro della càmmara di dormiri.

Lo stisso fici a mano manca.

E accussì i pavimenti delle dù càmmare nove erano pronti. Appresso accomenzò a isarci supra le quattro pareti della prima càmmara e, doppo, quelle della secunna.

Le porte di 'ste dù cammare si raprivano nella loro càmmara di dormiri. Le finestre delle càmmare nove davano tutte dalla parte di terra.

Alla fine della flabbica, la casa, taliata da mano manca a mano dritta e danno le spalli al mari, arresultava accussì: una càmmara di tri metri con la porta ma senza finestre indove c'erano le vutti; a tri metri di distanzia un recinto di tri metri per gaddrine, cunigli e crape; recinto che era attaccato al muro di una càmmara di tri metri per tri che era la staddra per le vestie; a tri metri di distanzia 'na cisterna àvuta tri metri e mezzo per tri metri di circunfirenzia; a sei metri di distanzia la casa che a piano terra era fatta da una càmmara di tri metri per tri senza finestra che aviva ai lati dù speci di porticati, supra alla càmmara c'erano tri càmmare di tri metri per tri 'n fila senza finestre, supra alla càmmara centrali c'era 'n'autra càmmara di tri metri per tri con un balcuni: appresso alla casa, a sei metri di distanzia, 'na cisterna 'ntifica alla prima; a tri metri, un cammarino di commodo di dù metri per dù; a tri metri, 'na càmmara di tri metri per tri indove c'erano il forno e la dispensa.

Taliannola invece danno le spalli all'aulivo, la forma di la casa era naturalmenti la stissa, ma cangiavano le aperture. Nella càmmara di sutta, c'era la porta di trasuta, ognuna delle tri càmmare di supra aviva 'na finestra, mentri la càmmara ancora cchiù supra a quella di mezzo non aviva nenti, sulo muro liscio.

Taliannola bona, Gnazio si fici pirsuaso che la sò casa, fatta cizzione per le càmmare indove bitavano, non era 'na vera e propia casa, ma 'na poco di càmmare mittute 'n fila.

Il rimeddio l'attrovò unenno la càmmara delle vutti e la staddra delle vestie con un muro di trenta centilimetri di spissori e di tri metri d'altizza e lo cummigliò tutto di mattunelle gialle da 'na parte e dall'altra, appresso unì la staddra e il muro esterno della casa di bitazione con un muro dello stisso spissori e àvuto tri metri, fatto a mezzo circolo, che conteneva, nella parte centrale, la cisterna. 'Sto muro lo cummigliò di mattonelle virdi da 'na parte e dall'altra.

L'istisso fici dall'altro lato.

Po' pittò tutte le càmmare di bianco. Alla fine la casa era squillante come 'na bannera.

In una delle dù càmmare nove ci misiro il letto di Cola e nell'altra il litticeddro di Resina.

La quali Resina, per i primi tri anni, non arrinisciva a stari addritta, pariva che aviva le gamme aparalizzate. Invece di caminare, strisciava aiutannosi con le vrazzuzze. E quanno stava accussì, i capilli biunni e longhi le cadivano supra all'occhi e strusciavano 'n terra.

Gnazio accomenzò a prioccuparisi.

«Che dici, Marù, la volemo portari dal medico a 'sta picciliddra?».

«Ma quali medico! È cosa che le passa».

E infatti le passò. Sulo che, avenno principiato a parlari, non li chiamava patre e matre, ma pater e mater.

«'Sta picciliddra avi un difetto nella parlata».

«Po' le passa» arripitiva Maruzza.

Ma 'n'autra vota, mentri sinni stava 'n vrazzo a sò matre che taliava il mari dal balcuni, la picciliddra disse:

«Θάλασσα! Θάλασσα!».

Gnazio la sintì e pinsò che forsi, dato il difetto di parlata, voliva diri che il mari era salato assà.

Nel milli e novicento e cinco nascì il secunno figlio mascolo e di nome ci misiro Calorio, come il santo del paìsi.

Nel milli e novicento e setti nascì la secunna figlia fìmmina che la chiamarono Ciccina che era il nome della matre di Gnazio.

Stavota Maruzza di Ciccina non si sgravò nell'acqua di mari, ma dintra al sò letto, come tutte le fìmmine di 'sto munno, con l'aiuto della gnà Pina.

Ma diversamenti di tutte le fìmmine di 'sto munno, a ogni cangiamento di stascione continuava a calarisi nelle cisterne.

Dintra alla càmmara di Cola ci misero un letticeddro per Calorio e 'n'autro l'assistimarono nella càmmara di Resina per Ciccina.

Da qualichi tempo Cola, che oramà aviva passato i setti anni, quanno la sira stanco morto si annava a corcare, doppo un tri orate di sonno s'arrisbigliava, si susiva, dalla sò càmmara passava a pedi leggio nella càmmara del patre e della matre che dormivano, scinniva la scala, rapriva la porta della càmmara di sutta e nisciva all'aperto.

'Na notti Gnazio, che era per caso vigliante, si addunò del passaggio di Cola. Pinsò che gli scappava di pisciari e aspittò che ritrasiva nella sò càmmara. Inveci, passato un quarto d'ura bono, sò figlio non era ancora tornato.

Vinni pigliato di curiosità. Che potiva fari a quell'ura di notti? Indove annava?

Allura s'addecise a nesciri macari lui. In prima non lo vitti. Po' s'addunò che Cola sinni era acchianato nella scaliceddra della cisterna vicina alla càmmara delle vutti e sinni stava assittato supra al bordo con la testa tutta ghittata narrè a taliare il celu. Non si cataminava. Gnazio si misi macari lui con la testa ghittata narrè, ma non c'era nenti di spiciali da vidiri, la solita luna e le solite stiddre.

«Cola, che fai?».

Quella voci 'mprovisa lo scantò tanto che per picca Cola non cadì dintra alla cisterna vacante.

«Nenti, patre. Talio le stiddre».

«E pirchì?».

«Pirchì mi piacino».

Macari a Gnazio qualichi vota era piaciuto lo stillato, ma susirisi apposta la notti per taliarlo non gli parse cosa.

«Torna a corcarti, non perdiri sonno».

«Ora vegno, patre».

Siccome che era un picciliddro sperto che già sapiva contare, Gnazio accomenzò a mannarlo a Vigàta con lo scecco a vinniri ova frische, virdura e frutti di stascione. Cola arrinisciva a vinniri tutto, aviva 'na parlantina che pirsuadiva, addivintava simpatico a tutti. E po', quanno portava i sordi, non ammancava un centesimo. Aviva questa fissazioni di taliare le stiddre, ma pacienzia, non portava danno che alla sò saluti pirchì pirdiva urate intere di sonno.

Un jorno Gnazio se lo portò con la mula alla fera che facivano a Montereale per la festa di Pasqua. Gnazio si voliva accattare dù crape.

A un certo momento s'addunò che Cola non era cchiù con lui. Non s'apprioccupò, sò figlio era troppo pizzipiturro e attrivito per perdersi. Si misi a circarlo bancarelle bancarelle.

L'attrovò fermo davanti a 'na bancarella indove c'erano esposte le cose cchiù stramme, ferri per stirare, un fucili a trombone, 'na testa di brunzo, sordi delli borboni, strumenti che non s'accapiva a che potivano serbiri.

Ma Cola sinni stava 'ngiarmato a taliare un vecchio cannocchiali col trippede, ogni tanto allungava 'na mano e lo carizzava.

Gnazio si commovì. Accapì quanto Cola l'addesidirava. Pirchì non fargli passare questo crapiccio? In coscenzia, se lo meritava. Era addivintato bravo e bidiente. S'avvicinò al figlio.

«Ti piaci?».

«Certo, patre, con questo ci posso vidiri tutte le stiddre che voglio».

«Quanto viene?» spiò Gnazio al bancarellaro.

Quello sparò 'na cifra che uno ci potiva accattari 'na sarma di terra.

Gnazio arrispunnì che ci potiva dari la mità della mità della mità. 'N capo a 'na mezzorata di tira e molla, Cola, chiangenno dalla filicità, ebbi il sò cannocchiali.

Per non farlo nesciri di notti campagna campagna, che uno non sapi mai chi pò 'ncontrari, Gnazio fici 'na bona pinsata.

Levò 'na parti dei canala del centro del tetto dell'ultima càmmara, quella col balcuni, e ci flabbicò una cammareddra quatrata di un metro e mezzo per lato e tri metri d'altizza, senza finestra e con una porticeddra. Il tetto della cammareddra era chiatto, fatto di sulo cimento, senza canala e per tri lati si sporgiva 'n fora di mezzo metro. Nel lato senza spurgenza faciva capo inveci una scaliceddra che pirmittiva di arrivari al tetto.

Accussì Cola la notti potiva pigliari il cannocchiali, che tiniva in questa cammareddra, acchianarisinni supra al tetto, mittirisi assittato commodo e taliare tutte le stiddre che voliva.

Intanto Resina spisso sinni stava al balcuni macari se sò matre non c'era e cantava da sula dintra alla conchiglia. Ma Gnazio le sò palore ancora non le accapiva.

9
La visita del miricano e altre storie

'Na matina dei primi jorni del misi di majo del milli e novicento e otto, Gnazio, niscenno con la mula dal cancello per ghiri a Vigàta, s'addunò che nella trazzera ci stava un omo che aviva priparato, supra a un trippede, 'na machina fotorafica accussì granni che pariva un catafarco. 'N terra, allato al trippede, c'era un sacco di muntagna, quello che si porta supra le spalli, tanto chino che a momenti scoppiava.

L'omo era un trentacinchino biunno, àvuto, sicco, chiaramenti stranero macari per come vistiva.

«Goodbye» fici lo stranero.

«Goodbye» arrispunnì Gnazio.

«Parlate inglese?».

«Sono stato trent'anni in America».

«Bene. Mi chiamo Lyonel e sono americano».

«E io mi chiamo Gnazio» fici Gnazio livannosi la coppola.

L'omo s'avvicinò e gli pruì la mano, Gnazio gliela stringì ma non scinnì dalla mula.

Continuaro a parlari in miricano. Il miricano in miricano bono, Gnazio in miricano bastardo.

«Voi siete il padrone di questa casa?» spiò l'omo.

«Sì».

«Chi ve l'ha disegnata?».

Addisignata? Ca quali addisignata! Come faciva a diri 'na minchiata accussì grossa? Che era, scemo? Loro ci bitavano in sei e come si pò bitari in tanti dintra a un disigno?

«Non è addisignata, è tutta flabbicata con petre, ligno e quacina e fui io stisso che la fici».

Il miricano lo taliò ammirativo.

«Avete studiato architettura per caso?».

«E che è 'st'architettura?».

«Beh, diciamo che è l'arte di fabbricare case».

«Mai studiai 'sta cosa».

La taliata dell'omo si fici ancora cchiù ammaravigliata.

«E come vi è venuta l'idea di farla così?».

Gnazio, prima d'arrispunniri, ci pinsò supra tanticchia.

«La fici accussì pirchì accussì tutto è cchiù logico, abbastava arragionarci tanticchia supra».

«Intendete dire che avete fatto questa casa seguendo un'idea logica, razionale?».

«Sì».

«Posso fotografarla?».

E che aviva di tanto spiciali la sò casa da essiri fotorafata? Certi voti la genti è veramenti pazza.

«Fotorafatela quanto vi pari e piaci».

«Vorrei fotografarla anche dall'altra parte».

«Aspittati un momento. Cola!».

Sò figlio arrivò currenno.

«Cola, 'sto signori voli fotorafari la casa. Mettiti a disposizioni sò. Vidi si voli viviri acqua o vino».

Salutò e sinni partì per Vigàta.

Tri ure appresso, quanno tornò, il miricano aviva finuto di fotorafare, ma non se ne era ancora ghiuto.

Era assittato 'n terra, li spalli appuiate a un àrbolo, e addisignava la casa col lapis supra a un foglio bianco, granni e spesso.

Allato a lui c'erano autri fogli già inchiuti, il miricano stava addisignanno tutta la casa càmmara appresso càmmara e macari la staddra, le cisterne, il forno, la dispensa, i muri gialli e virdi, ogni cosa.

«Ancora cinque minuti e ho finito» disse.

«Faciti con commodo. Io vaio 'n casa».

«Un momento, scusate. Perché per voi è così importante il numero tre?».

Gnazio lo taliò 'mparpagliato.

«Non vi capiscio».

«Le camere, fatta eccezione di una, sono tutte di tre metri per tre, la distanza tra una costruzione e l'altra è sempre di tre o sei metri».

Gnazio considerò la facenna.

«Non ci avivo pinsato. Mi parse però la misura giusta».

«Già» fici il miricano.

Mentri si stava lavanno pirchì aviva sudato, sintì che Resina si era misa a cantare affacciata al balcuni della càmmara di supra. Era 'ntonata come a sò matre.

Quanno scinnì, Maruzza gli disse:

«Tra un quarto d'ura è pronto per mangiari. Metto un posto macari per questo signori?».

«Mettilo».

Niscì fora per annare dal miricano e invitarlo. L'attrovò addritta, con una mano tiniva un foglio novo e nell'altra aviva la matita. Ora stava scrivenno.

Taliò a Gnazio con l'occhi spirdati.

«Chi è quella bambina con la conchiglia che canta?».

«Mè figlia Resina».

«Ma chi gliele ha insegnate queste canzoni?».

«Nisciuno. Se l'inventa lei stissa. O forsi ha imparato da mè mogliere che canta meglio di lei».

«Ma vostra moglie ha studiato musica?».

«Ma quanno mai!».

Sulo allura Gnazio s'addunò che il miricano aviva addisignato 'na speci di carta di musica e supra ci annava scrivenno le note della canzoni che Resina cantava.

«Ma voi nni capiti di musica?».

«Sì. Ho studiato violino a New York e poi sono venuto in Europa, in Germania, per studiare meglio. Ma ad Amburgo ho capito che la mia vera natura non era di musicista, ma di pittore. Lasciatemi sentire, per favore. Vostra figlia è... è un miracolo».

Resina finì.

«Ditele di continuare a cantare, per favore».

«Resinù, voi cantari ancora?».

«No» fici la picciliddra trasenno dintra.

«Mi dispiaci. È tistarda, quanno dici 'na cosa è 'na cosa. Voliti mangiari con noi?».

«Volentieri. Levatemi una curiosità. Con vostro figlio Cola ci siamo intesi benissimo a gesti. Mi ha detto che al primo piano nella camera a destra dormono lui e suo fratello, in quella di centro voi e vostra moglie e in quella di sinistra le bambine e che le porte delle camere di destra e di sinistra si aprono nella vostra stanza. È così?».

«Sissignori».

«Ma come pensate di fare quando i vostri figli cresceranno e avranno bisogno della loro indipendenza? Saranno sempre costretti a passare dalla vostra camera?».

Gnazio fici 'na risateddra.

«'Nca certo che ci pinsai. Indove ora ci sono le finestre di queste dù càmmare nove io ci fazzo dù porte, una per càmmara e ognuna con una sò scala».

«E le finestre le spostate da questa parte?».

«Mai Signuri! Se le sposto da questa parte, vìdino il mari. Io le finestre le metto di lato».

«Ma non sarebbe meglio che dessero verso il mare?».

«No» fici Gnazio arresoluto.

Allura il miricano pigliò un disigno che aviva già fatto della facciata della casa dalla parti dell'aulivo e ci addisignò le porte e le scali con una matita russa.

«Pensate a una cosa così?».

«Preciso».

«Mi congratulo».

«E di che?».

«Pater!» chiamò Resina. «Viniti. È l'ura di mangiari».

Mentri che stavano a tavola, il miricano contò a

Gnazio che non bitava cchiù nella Merica, ma in un paìsi tidisco che si chiamava Amburgo e che campava la vita facenno disigni e carricature.

Alla fine, spiò a Gnazio il primisso di fargli 'na carricatura.

Ci misi cinco minuti e quanno la vittiro, tutti si misero a ridiri, macari Gnazio arridì pirchì era vinuto buffo assà.

«Ve la regalo» disse il miricano.

E po' spiò:

«Posso fare un ritratto a vostra moglie?».

«Ti vole fari un ritratto» spiegò Gnazio a Maruzza.

Ma sò mogliere con la testa gli fici 'nzinga di no.

«M'addispiaci, ma...» disse Gnazio.

«Capisco...» fici il miricano senza livari l'occhi di supra a Maruzza.

La quali, sintennosi taliata in questo modo 'nsistenti, salutò il miricano e sinni acchianò nella càmmara di dormiri.

«Noi annamo a travagliare» fici Gnazio.

«Io smonto la macchina fotografica e me ne vado» disse il miricano. «Vi ringrazio per l'ospitalità».

Si salutaro. Gnazio e Cola niscero. Il miricano principiò a smontare il trippede e in quel momento Maruzza, al balcuni, principiò a cantare.

Cantò fino alla scurata, quanno vitti che Gnazio e sò figlio stavano tornanno. Gnazio trasì 'n casa mentri Maruzza scinniva dalla scala.

Il miricano sinni era ghiuto.

Ma aviva lassato un disigno supra al tavolino. Rappresentava 'na sirena con la facci e le minne nude di Maruzza. Allato aviva 'na sirena nica con la testa di Resina.

Senza diri 'na palora, Maruzza pigliò il disigno e lo ghittò nel foco.

Il primo di ghinnaro del milli e novicento e novi, mentri che stavano mangianno, Cola 'mproviso disse:

«Voglio studiare, voglio ghiri alla scola».

Maruzza e Gnazio lo taliarono 'mparpagliati.

«Ma oramà che hai novi anni non ti pigliano cchiù alla prima limentari!» fici Gnazio.

«E io non ci vaio alla prima».

«E come fai?».

«Mi duna lezioni private un profissori di Vigàta, si chiama Sciortino. Po' mi fa fari l'esami».

«Come l'accanoscisti?».

«Ci porto l'ova a casa. 'Na simanata fa mi fici trasiri e io vitti che aviva 'na granni carta del celu. Allura nni misimo a parlari delle stiddre. Doppo m'addimannò che studii aviva, io ci dissi che non aviva studiato e lui mi fici 'sta proposta».

«E quanto vole a lezioni?».

«Nenti, non vole essiri pagato».

«Ma a mia chi m'aiuta 'n campagna?» tentò di resistiri Gnazio che aviva già accapito come annava a finiri la facenna.

«V'aiuto io, patre!» disse Calorio che aviva quattro anni.

«No, tu sì ancora troppo nico».

«Ti aiuto io» fici Maruzza.

«Ma tu devi abbadari alla casa, ai picciliddri...».

«Tu non ti prioccupare. Ma Cola, si vole studiari, lo deve fari».

Dù anni appresso, una matina che erano le cinco, Gnazio trasì nella càmmara dei dù figli mascoli. Cola durmiva, era stato arrisbigliato fino a tardo a taliare le stiddre. S'avvicinò al letto di Calorio, lo chiamò chiano, scutennolo per una spalla.

«Eh» fici il picciliddro raprenno un occhio.

«Susiti, lavati e vestiti, ora tocca a tia di viniri a travagliari con mia».

Calorio parse contento. E infatti, già da quella prima matina, s'arrivilò per quello che sarebbi sempre stato: un gran travagliatore.

Ora Gnazio capiva le palore delle canzuni di sò figlia Resina.

Ma Resina cantava cose diverse assà di quelle di sò matre, cose che a Gnazio lo squietavano.

Pri sempio, cantava la storia di dù piscispata che erano 'nnamurati di 'na delfina e le stavano sempri appresso, non le davano abento, ma la delfina non sapiva scegliri tra i dù e perciò i piscispata si sfidaro a duello firennosi a morti e la delfina, saputa da un gabbiano la notizia, inveci di mittirisi a chiangiri disse filici e cuntenta che ora finalmenti era libera d'innamurarisi di chi vuliva lei.

Opuro cantava la storia di un piscicani che aviva perso tutti i denti e non potiva cchiù mangiari e allura, siccome aviva un amico che si chiamava albatros ed era un aceddro, quanno aviva pititto assumava alla superfice, rapriva la vucca e l'albatros gli faciva cadiri dintra i pisci che aviva piscato e masticuliato per lui.

Erano storie d'amori e d'amicizia.

Ma chi nni potiva sapiri dell'amori e dell'amicizia 'na picciliddra come Resina?

E po' le canzuni di Maruzza si rivolgivano sempri al mari, è vero, ma parlavano di quello che prova 'na fìmmina quanno s'innamura, quanno le nasci un figlio, quanno le mori qualichi pirsona cara. Mentri Resina non s'arrivolgiva al mari per la semprici scascione che lei, quanno cantava, era come se s'attrovava dintra al mari stisso e non aviva di bisogno di chiamarlo e le sò storie perciò dovivano per forza parlari di piscispata, di delfini, di piscicani.

E intanto, in contrata Ninfa, la vita passava e cangiava le cose.

'Na matina Gnazio, che era da dù simane che non vidiva passari trazzera trazzera alla gnà Pina, spiò a un viddrano se ne sapiva qualichi cosa. E quello gli arrispunnì che alla gnà Pina le era vinuta 'na malatia alle gamme e non potiva cchiù caminare a longo. Continuava però i rimeddii con le erbe e chi vuliva essiri curato ora doviva annare da lei.

'Na notti a Gnazio ci parse di sintiri 'na rumorata nella càmmara delle picciliddre. Si susì, annò a vidiri e s'addunò che Resina non era nel sò letto. Ciccina inveci durmiva della bella. Prioccupato, la circò nella càmmara di mangiari, ma non c'era. Trasì in quella dei figli mascoli e vitti che il letto di Cola era vacante. Allura acchianò supra al tetto indove Cola tiniva il cannocchiali. E subito li sentì parlari.

Resina, da quanno aviva fatto deci anni, non si lassava cchiù con Cola, frati e soro, appena potivano, si mittivano sparte a chiacchiariare. Ora Resina stava dicenno a Cola:

«Accussì come tu vidi col cannocchiali stiddre che prima non potivi vidiri, accussì io, criscenno e addivintanno granni, scopro 'n funno al mari cose che prima non accanoscevo...».

Ma che fantasia che aviva, 'sta picciliddra!

Ma se dintra al mari non c'era mai stata! Ma se non era mai manco scinnuta alla pilaja! Per la virità, 'na vota Resina gliel'aviva spiato se potiva scinniri alla pilaja a taliare il mari da vicino, ma lui le aviva ditto di no e la picciliddra non l'aviva cchiù addimannato.

Po', un jorno che era di ghinnaro, Cola sinni partì per annare a studiare all'università di Palemmo. Il professori Sciortino bonarma, nel tistamento, gli aviva lassato dinaro bastevole per mantinirisi per almeno deci anni fora di casa. Gnazio l'accompagnò alla stazioni e lo volli accompagnare macari Resina che chiangiva alla dispirata.

Alla stazioni c'era uno che faciva fotorafie, Cola e Resina sinni ficiro una 'nzemmula. Cola lassò al fotorafo l'indirizzo di Palemmo e quello disse che gliela avrebbi spiduta.

La notti stissa della partenza di sò frati, Resina acchianò a pedi leggio la scala che portava alla càmmara supra al tetto. Gnazio se n'addunò e doppo tanticchia la seguì. Il cannocchiali c'era ancora, Cola l'aviva lassato a Resina. Lei stava cantanno a vuci vascia, ma a Gnazio gli arrivarono lo stisso le palore.

Contava la storia di un frati e di una soro, il mascolo nasciuto 'n mezzo alle stiddre e la fìmmina nel funno del mari. Diciva come ognuno dei dù vuliva tornari indove era nasciuto, ma che questo viniva a significari che si dovivano spartiri per sempri...

Gnazio non volle sintiri avanti.

Sinni scinnì, si curcò, ma non arriniscì a chiuiri occhio.

'Na matina di fivraro del milli e novicento e vintuno, che era annato a Vigàta a vinniri frutta e virdura, Gnazio si sintì chiamari da uno ch'era 'mpiegato alla posta.

«C'è 'na littra per voi».

Strammò. Mai nisciuno gli aviva scrivuto nella sò vita. Cola ogni quinnici jorni passava un sabato e 'na duminica a Ninfa e perciò non aviva bisogno di scriviri. Allura chi potiva essiri?

Si scantò, capace che quella littra portava qualichi malanova.

«Veni dalla Germania» disse l'impiegato.

Raprì la busta con le mano che gli trimavano.

Dintra c'erano 'na fotorafia e un foglio scritto in miricano. La fotorafia rapprisintava 'na casa che gli arricordava qualichi cosa. La taliò a longo e tutto 'nzemmula accapì che quella casa assimigliava assà a quella sò. Nel foglio ci stava scritto in miricano:

«Caro signor Manisco, non so se lei si ricorda ancora di me. Sono Lyonel Feininger, quell'americano che nel maggio del 1908 ebbe la fortuna d'incontrarla, di fotografare e di disegnare la sua casa e di conoscere la sua straordinaria famiglia. Alcuni anni dopo che ero tornato in Germania, un mio amico architetto (uno di quelli che fabbricano case, si ricorda?), che si chiama Walter Gropius, vide per caso le fotografie e i disegni della sua casa. Ne fu talmente interessato che volle che glieli regalassi. Da allora li ha studiati a lungo e il risultato è questa casa della quale allego la fotografia. È stato Gropius a volere che le scrivessi per ringraziarla. Io personalmente ho un ricordo indimenticabile della giornata trascorsa con lei e con i suoi. Sua moglie e i suoi figli stanno bene? Resina e sua moglie cantano sempre? Cordiali saluti, Lyonel Feininger».

Sì, se l'arricordava il miricano che gli aviva fatto la carricatura.

Tornanno verso la casa, strazzò la fotorafia e il foglio e li ghittò strata strata.

Quella littra gli aviva fatto pigliari uno scanto della malavita.

Po', qualichi anno appresso, Cola si lauriò.

Tornò da Palemmo e sinni stetti un misi 'ntero nella sò casa.

Di fora, non s'arriconosceva cchiù, era vistuto aliganti, tutto alliffato, ma di dintra era sempri uguali. Non si era fatto zito.

E manco Resina si era voluta maritari, a malgrado che c'era 'na fila di mascoli che la volivano.

Ogni notti Cola e Resina sinni acchianavano supra al tetto e si mittivano a chiacchiariare.

Gnazio non annò mai ad ascutarli ammucciuni.

Finuto il misi, Gnazio, Maruzza, Resina, Calorio e Ciccina, vistuti boni, l'accompagnarono tutti alla stazioni pirchì stavota Cola partiva per la Merica: era stato chiamato da una università miricana per flabbicare il cchiù granni telescopio del munno.

«E che è 'sto stiliscopio?».

Allura Cola aviva spiegato che telescopio significava un cannocchiali cento miliardi cchiù potenti di quello che gli aviva arrigalato sò patre. Quanno spiegò 'sta cosa, tutti ristaro 'ngiarmati per la meraviglia. Sulo Resina currì ad abbrazzari, filici, a sò frati.

Vinni un jorno che Gnazio addecise di non annare cchiù a Vigàta. Al posto sò, a vinniri frutta e virdura ci sarebbi annato Calorio. Lui non se la sintiva non per l'età, che ora aviva sittant'anni passati e manco ci parivano, ma pirchì da qualichi tempo paìsi paìsi firriavano pirsone che non erano per la quali. Vistute con una cammisa nìvura che supra aviva un distintivo a crozza di morto, si salutavano isanno il vrazzo dritto con la mano tisa e avivano un manganello col quali vastuniavano tutti quelli che non arrispunnivano lalà quanno loro facivano ejaeja. Ma come minchia parlavano?

E po', per mittiricci il carrico da unnici, c'erano in paìsi tri potamobili, vali a diri carretti senza cavaddra ma con un motori che fitiva e faciva 'na rumorata tali che una vota la sò mula, a scascione di 'na potamo-

135

bili che stava passanno vicina vicina s'appagnò e lo fici cadiri 'n terra 'nzemmula ai pumadori, alle cucuzzeddre, alle patate e alle vircoche che doviva vinniri.

No, non era cchiù cosa.

10
Genealogie e cronologie finali

Ciccina si maritò con un picciotto bono che si chiamava 'Ntonio Pillitteri e aiutava a sò patre che era un bravo falignami. E macari lui aviva 'mparato il misteri. Se il Signoruzzu l'aiutava, se la sarebbiro passata bona. Ciccina lassò la casa di contrata Ninfa e sinni ghì a bitare a Vigàta. Ma ogni duminica tornava col marito e mangiava 'nzemmula alla sò famiglia.

Gnazio, figlio di Ciccina e di 'Ntonio Pillitteri, nascì il sidici di marzu del milli e novicento e vintisè. Nonno Gnazio, alla festa del vattìo, era accussì contento che s'imbriacò.

Calorio si fici zito con una picciotta di Vigàta che si chiamava Angila Larosa ed era figlia di uno che aviva un magazzino all'ingrosso di cose di mangiari. Fino dal primo jorno di zitaggio, il sociro disse che voliva a Calorio nel sò magazzino. A quella condizione acconsintiva al matrimonio. Allura Calorio accomenzò a tirarla a longo, non voliva lassari a sò patre sulo a travagliare 'n campagna. Scrisse la facenna a Cola nella Merica e quello arrispunnì che potiva maritarisi quanno voliva pirchì da quel momento in po' a sò patre, a sò matre e a sò soro Resina ci avrebbi pinsato lui mannanno, ogni tri misi, i sordi bastevoli dalla Merica. Accussì Calorio potì maritarisi. Ma ogni duminica con sò mogliere sinni ghiva a Ninfa a mangiari con la famiglia.

Al cinco del misi di marzo del milli e novicento e trenta, Gnazio fici ottanta anni. Ma pariva che ne aviva sissanta. Mangiaro tutti 'nzemmula, il niputeddro Gnazio che aviva quattru anni si volli assittare allato al nonno. Cola mannò un tiligramma dalla Merica.

Calorio e Angila chiamarono Gnazio il loro primo figlio mascolo. Macari stavota nonno Gnazio s'imbriacò e annava dicenno campagna campagna: «Maria, quanti Gnazii!».

Nel milli e novicento e trentotto Cola scoprì 'na stiddra che nisciuno aviva mai viduta prima. Siccome che spittava a lui darle un nome, la chiamò Resina. Mannò a Gnazio i ritagli dei giurnala miricani che parlavano della scoperta.

Gnazio 'na matina del misi di majo dell'anno milli e novicento e trentanovi sintì a Resina che cantava affacciata al balcuni. La canzoni diciva di una grotta nel funno del mari indove c'era come 'na grannissima campana fatta d'aria e perciò macari le criature nasciute nella terra ci potivano campare. Sintennula cantare, a Gnazio ci vinni 'n mente che Maruzza non gli aviva addimannato di fari inchiri le cisterne d'acqua marina come sempri faciva a ogni cangio di stascione.

«Non mi serve cchiù» spiegò Maruzza al marito.

E allura Gnazio s'arricordò che era da un anno e passa che non la sentiva cchiù cantare.

«Mi passò la gana» disse Maruzza.

Perciò la conchiglia continuò a usarla Resina.

Nel milli e novicento e quaranta Cola mannò 'na littra a Gnazio nella quali scriviva che datosi che l'Italia era trasuta 'n guerra il misi avanti, lui s'imbarcava per tornari 'n paìsi il vinti di austu supra a un papore che si chiamava «Lux» e che era diretto a Genova. Il papore appartiniva a un paìsi che non faciva la guerra a nisciuno e perciò era sicuro. Sarebbi ristato qualichi jorno a Ninfa e po' sinni partiva per Milano indove che avrebbi fatto il professori all'università.

La matina del vintiquattro del misi di lugliu del milli e novicento e quaranta, Gnazio s'arrisbigliò all'arba, come aviva fatto da 'na vita e continuava a fari macari ora che aviva passato la novantina. Vitti che Maruzza non era allato a lui. Si susì, la circò e l'attrovò nella càmmara di supra che taliava il mari dal balcuni. Gnazio s'addunò che chiangiva 'n silenzio.

«Che fu? Che successe? Pirchì chiangi?».

«Resina sinni è ghiuta».

«Ghiuta? Unni? E quanno torna?».

«Non po' cchiù tornari».

«E chiangi per lei?».

«Non chiangio per Resina».
«E allura per chi?».
Maruzza non arrispunnì.
«Ma unni ghì Resina?».
«A mari».
«A fare che?».
«'Na cosa che doviva fari».
«E manco mi salutò?».
«Ti salutò. Ti dette 'na vasata 'n fronti. Ma tu durmivi».
«Ma non potiva aspittari che m'arrisbigliavo prima di ghirisinni?».
«Non aviva tempo».
«Ma che era 'sta cosa accussì 'mportanti che...».
«Ora te la cunto» fici Maruzza.
E gliela cuntò.
E dato che Gnazio, doppo il cunto, non si riggiva supra alle gamme e chiangiva dispirato, se lo carricò, lo portò nella càmmara di dormiri, lo stisi supra al letto, lo consolò carizzannogli le mano e accomenzò, doppo tanto tempo che non lo faciva, a cantari a voci vascia. Le prime palore erano pricise 'ntifiche alla canzuni di Resina che parlava della grotta 'n funno al mari, po' le palore dicivano che 'na sirena, che stava provisoriamenti 'n terra, si era ghittata a mari per annari a pigliari a uno che stava anniganno e portarisillo dintra a quella grutta e che chist'omo che stava anniganno era...

Il doppopranzo del jorno vintisei del misi di lugliu del milli e novicento e quaranta alla casa di Ninfa s'appresentaro Calorio e Ciccina con l'occhi russi di chianto. Ficiro assittari a Gnazio e a Maruzza nella càmmara di mangiari e s'assittaro macari loro. Po' Calorio principiò a diri che la guerra è sempri 'na cosa fitusa e che morino macari i 'nnuccenti per errori. E infatti proseguì dicenno che la radio aviva ditto che c'era stato uno sbaglio e i tidischi avivano affunnato un papore neutrali che si chiamava «Lux» e che nisciun passiggero si era sarbato. A 'sto punto Gnazio isò un vrazzo, Calorio s'azzittì e lui parlò:

«Se siti vinuti a diricci che Cola è affunnato con la navi, Maruzza e io lo sapivamo già. Ma si la cosa vi pò consolari, Cola è vivo e sta bene con Resina».

Calorio e Ciccina si taliaro. Avivano pinsato l'istissa cosa. Il dolori per la morti di Cola e per la scomparsa di Resina a Gnazio lo stavano facenno nesciri pazzo. Ma com'è allura che macari Maruzza era accussì calma?

Era nisciuta pazza macari lei?

'Na matina del misi d'austu del milli e novicento e quarantadù i rioplani 'nglisi e miricani bummardarono Vigàta. Accussì tanto che macari la casa di Ninfa traballiò che pariva il tirrimoto. Quanno il bummardamento finì, Maruzza disse:

«Ora piglio la mula e vaio 'n paìsi. Voglio vidiri come stanno i nostri figli e i nostri niputi. E po' voglio macari vidiri se la casa di mè catananna Minica è ristata addritta».

Tornò un tri orate appresso con un sacco. I figli e i

niputi se l'erano scapottata, la casa di Minica era ancora addritta.

«Che ci hai nel sacco?».

«I vistita di mè catananna».

Li lavò, li stirò, li misi dintra all'armuàr.

Una notti del misi di novembriro del milli e novicento e quarantadù vinni 'na gran timpesta. Il vento sradicò 'na para d'àrboli di mennuli. La rumorata del mari era accussì forti che Gnazio, sintennula, non arriniscì a chiuiri occhio.

Dù jorni appresso verso mezzojorno, che il pejo era passato, s'appresentò un piscatori che da anni scinniva dalla trazzera per annare al mari. Era 'mpacciato, disse che gli era capitata 'na cosa stramma. Nella nuttata della timpesta la sò varca, per la forza del mari, aviva rumputo la corda dell'ancora e aviva pigliato il largo. Senonché il jorno doppo un motopiscariggio di Vigàta l'aviva viduta alla diriva e l'aviva tirata a rimorchio portannola 'n porto e avvertenno il propietario. Il quali, talianno se la varca aviva avuto danno, e ringrazianno al Signori non l'aviva avuto, s'era addunato che dintra c'era annato a finire un portafoglio. Perfettamente asciutto e non s'accapiva come. Allura il piscatori l'aviva aperto. C'era sulo 'na fotorafia, di un mascolo e d'una fìmmina abbrazzati. Gli era parso d'arriconoscere la fìmmina. E pruì il portafoglio a Gnazio.

Gnazio lo pigliò e lo raprì.

Era la fotorafia che Cola si era voluta fari con Resina alla stazioni prima di partiri per Palemmo. Quant'erano picciotti e beddri, tutti e dù!

«Grazii» disse Gnazio.

«Pregu» fici il piscatori.

Ma Gnazio non stava ringrazianno a lui.

All'arba del cinco del misi di jugnu dell'anno milli e novicento e quarantatri Gnazio s'arrisbigliò e sintì che non sintiva nenti.

Tutti i rumori che accompagnavano la matutina rapruta dell'occhi non c'erano cchiù. Nenti aciddruzzi che cantavano, nenti vinticeddro 'n mezzo alle foglie e nenti, soprattutto, rispirata calma e regolari di Maruzza che gli durmiva allato.

Che potiva essiri successo al munno?

Si susì quateloso per non addistrubbari a sò mogliere, scinnì a lento la scala pirchì quella matina non gli riggivano le gamme e gli firriava tanticchia la testa, raprì la porta di casa, niscì fora.

Non si cataminava 'na foglia, un filo d'erba. Tutto fermo, pittato, come quella prima vota che Maruzza era vinuta a Ninfa.

Po' vitti i sò armàla, lo scecco, la mula, le crape, i cunigli, le gaddrine, tutti torno torno all'àrbolo d'aulivo che lo taliavano e parivano finti tanto stavano fermi, senza arriminarisi. Ma come avivano fatto a nesciri fora dalla staddra, dal recinto? E pirchì lo taliavano accussì? Che volivano da lui? Allura, in un attimo, accapì. Ma non si scantò.

Non stava capitanno nenti al munno, ma a lui sì. Era vinuta l'ura sò.

143

Piccato, pinsò, che non ce l'avrebbi fatta ad acchianare novamenti la scala e dari un'urtima vasata a Maruzza, sintiva che le forze gli ammancavano.

Arrivò a lento sutta all'aulivo, s'assittò supra alla petra, ghittò la testa narrè per vidiri le foglie d'aulivo e ristò accussì.

Po' l'armàla ritrasero a lento a lento nel recinto e nella staddra. E tornaro macari lo scruscio del vento e il friscari di l'aciddruzzi, ma Gnazio non li potiva cchiù sintiri.

Quella stissa matina, a Maruzza l'arrisbigliò la rumorata di 'n'altro bummardamento a Vigàta. Si susì e la prima cosa che vitti, niscenno fora, fu a Gnazio sutta all'aulivo. Era inutili annare 'n pàisi e accattare un tabbuto. Macari a Vigàta i morti ristavano all'aria e al vento. Era un tempo senza cchiù rispetto né per la vita né per la morti. Allura sutta all'aulivo accomenzò a scavargli la fossa. Scavava e cantava 'na canzoni che nisciuno, oramà, potiva accapiri.

Quanno finì, tornò dintra, si lavò, raprì l'armuàr, pigliò i vistiti di sò catananna e se li misi. In testa, lo sciallino che le arrivava ai pedi. Se Gnazio l'avissi potuta vidiri ora, l'avrebbi scangiata per Minica.

Affirrò du sacchi, in uno c'infilò 'na poco di cose di mangiari pigliate dalla dispenza, nell'altro tanticchia di mangime per lo scecco e 'na crapa che si portò appresso. Sinni annava a bitare per sempri a Vigàta, nella casa di sò catananna. A Ninfa non aviva cchiù nenti da fari.

Prima però libirò tutti l'armàli. E non chiuì né la dispenza né la casa. Troppa fami pativa la genti, che si pigliassiro quello che volivano. Lassò macari la conchiglia.

Il jorno appresso dù rioplani miricani passarono a vascia quota supra alla casa che aviva flabbicato Gnazio. Qualichi cosa li fici persuasi che doviva trattarisi di una costruzioni militari. Tornaro narrè e sgangiaro tutte le bumme che avivano. La casa non la 'nzertarono, e manco l'aulivo. Ficiro però 'na gran quantità di danno alla campagna, distrussiro àrboli, scavaro fossa profunni.

Il jorno appresso i dù rioplani tornaro ancora e stavota, a malgrado che da una postazione tidisca gli sparavano contro, ebbiro mira cchiù pricisa. La casa, centrata, vinni distrutta.

All'arba del sidici lugliu del milli e novicento e quarantatri, 'na pattuglia di tri sordati miricani sinni partì supra un gummoni a motori dal porto di Vigàta, che era stata pigliata il jorno avanti, a fari un giro costa costa per vidiri unni stavano allocati i sordati nimici.
Arrivati all'altizza di contrata Ninfa, addecisero di scinniri 'n terra pirchì avivano viduto coi binocoli 'na costruzioni stramma mezza sdirrupata dalle bumme indove però ci potivano essiri ancora ammucciati i tidischi.
Tirato 'n sicco il gummoni supra la pilaja, acchianaro dalla parte cchiù agevoli del costone e quindi s'at-

trovarono in quella che era stata la terra di Gnazio Manisco. Si spartero, mentri che caminavano quatelosi, piegati in dù. Uno annò a mano manca, il secunno continuò ad avanzari dritto, il terzo, che si chiamava Steven e aviva vintidù anni, s'addiriggì verso un granni àrbolo d'aulivo.

La prima cannunata dei tidischi, che erano appostati supra a 'na collina vicina, li fici ghittari 'n terra. Subito doppo arrivaro 'na decina di cannunate una appresso all'autra senza dari abento. Po' accomenzaro le mitragliatrici. Passati cinco minuti, calò silenzio.

Steven era stinnicchiato dintra a un fosso, senza cchiù una gamma, tagliata di netto da una grossa scheggia. Capì, a pelli, che i sò compagni erano morti.

Era un picciotto coraggioso e sperto, perciò si fici subito capace che per lui era questione di picca tempo. S'assistimò meglio nel funno del fosso pirchì aviva 'na petra sutta alla schina che lo faciva stare scommodo. Ma nel movimento che fici, 'na conchiglia enorme gli annò a sbattiri contro un oricchio.

E allura sintì 'na luntana voci fimminina che meravigliosamenti cantava.

Non può essiri, pinsò, forsi sto principianno a delirare.

Com'è possibili che dintra a 'na conchiglia c'è una voci di fìmmina che canta? E doppo quella prima canzoni 'n'autra voci fimminina, ma assai cchiù picciotta, squasi da picciliddra, seguitò a cantare.

Steven non capiva le palore, ma i motivi affatavano, 'ncantavano, non parivano di chista terra, era come se vinivano da un munno scognito, sprufunnato nella notti dei tempi. E la conchiglia risonava alle voci come 'na cassa armonica, pariva come 'n'orchestra che faciva l'accompagno.

Accussì, sintenno quella musica, manco s'addunò di moriri.

Nota

Mi sono voluto riraccontare una favola. Perché, in parte, la storia del viddrano che si maritò con una sirena me l'aveva già narrata, quand'ero bambino, Minicu, il più fantasioso dei contadini che travagliavano nella terra di mio nonno. Minicu mi raccomandava spesso di chiudere gli occhi «pi vidiri le cosi fatate», quelle che normalmente, con gli occhi aperti, non è possibile vedere. La storia della casa che ispirò Walter Gropius e tutte le altre vicende successive al matrimonio di Gnazio me le sono invece inventate io.

A. C.

Indice

Indice

Maruzza Musumeci

1 Gnazio torna a Vigàta   9
2 La casa di Gnazio   24
3 Maruzza Musumeci   38
4 La catananna   52
5 Il matrimonio secondo la catananna   66
6 Maruzza e l'acqua di mare   81
7 Notizie di vita coniugale   95
8 Quattro nascite, una morte e la casa che cresce   109
9 La visita del miricano e altre storie   123
10 Genealogie e cronologie finali   137

Nota   149

Questo volume è stato stampato
su carta Palatina
delle Cartiere Miliani di Fabriano
nel mese di ottobre 2007
presso la Leva Arti Grafiche s.p.a. - Sesto S. Giovanni (MI)
e confezionato
presso I.G.F. s.r.l. - Aldeno (TN)

La memoria

1 Leonardo Sciascia. Dalle parti degli infedeli
2 Robert L. Stevenson. Il diamante del Rajà
3 Lidia Storoni Mazzolani. Il ragionamento del principe di Biscari a Madama N.N.
4 Anatole France. Il procuratore della Giudea
5 Voltaire. Memorie
6 Ivàn Turghèniev. Lo spadaccino
7 Il romanzo della volpe
8 Alberto Moravia. Cosma e i briganti
9 Napoleone Bonaparte. Clisson ed Eugénie
10 Leonardo Sciascia. Atti relativi alla morte di Raymond Roussel
11 Daniel Defoe. La vera storia di Jonathan Wild
12 Joseph S. Le Fanu. Carmilla
13 Héctor Bianciotti. La ricerca del giardino
14 Le avventure di Giuseppe Pignata fuggito dalle carceri dell'Inquisizione di Roma
15 Edmondo De Amicis. Il "Re delle bambole"
16 John M. Synge. Le isole Aran
17 Jean Giraudoux. Susanna e il Pacifico
18 Augusto Monterroso. La pecora nera e altre favole
19 André Gide. Il viaggio d'Urien
20 Madame de La Fayette. L'amor geloso
21 Rex Stout. Due rampe per l'abisso
22 Fiòdor Dostojevskij. Il villaggio di Stepàncikovo
23 Gesualdo Bufalino. Diceria dell'untore
24 Laurence Sterne. Per Eliza
25 Wolfgang Goethe. Incomincia la novella storia
26 Arrigo Boito. Il pugno chiuso

27 Alessandro Manzoni. Storia della Colonna Infame
28 Max Aub. Delitti esemplari
29 Irene Brin. Usi e costumi 1920-1940
30 Maria Messina. Casa paterna
31 Nikolàj Gògol. Il Vij
32 Andrzej Kuśniewicz. Il Re delle due Sicilie
33 Francisco Vásquez. La veridica istoria di Lope de Aguirre
34 Neera. L'indomani
35 Sofia Guglielmina margravia di Bareith. Il rosso e il rosa
36 Giuseppe Vannicola. Il veleno
37 Marco Ramperti. L'alfabeto delle stelle
38 Massimo Bontempelli. La scacchiera davanti allo specchio
39 Leonardo Sciascia. Kermesse
40 Gesualdo Bufalino. Museo d'ombre
41 Max Beerbohm. Storie fantastiche per uomini stanchi
42 Anonimo ateniese. La democrazia come violenza
43 Michele Amari. Racconto popolare del Vespro siciliano
44 Vernon Lee. Possessioni
45 Teresa d'Avila. Libro delle relazioni e delle grazie
46 Annie Messina (Gamîla Ghâli). Il mirto e la rosa
47 Narciso Feliciano Pelosini. Maestro Domenico
48 Sebastiano Addamo. Le abitudini e l'assenza
49 Crébillon fils. La notte e il momento
50 Alfredo Panzini. Grammatica italiana
51 Maria Messina. La casa nel vicolo
52 Lidia Storoni Mazzolani. Una moglie
53 Martín Luis Guzmán. ¡Que Viva Villa!
54 Joseph-Arthur de Gobineau. Mademoiselle Irnois
55 Henry James. Il patto col fantasma
56 Leonardo Sciascia. La sentenza memorabile
57 Cesare Greppi. I testimoni
58 Giovanni Verga. Le storie del castello di Trezza
59 Henryk Sienkiewicz. Quo vadis?
60 Benedetto Croce. Isabella di Morra e Diego Sandoval de Castro
61 Diodoro Siculo. La rivolta degli schiavi in Sicilia
62 George Meredith. La vicenda del generale Ople e di Lady Camper
63 Bernardino de Sahagún. Storia indiana della conquista di Messico
64 Andrzej Kuśniewicz. Lezione di lingua morta
65 Maria Luisa Aguirre D'Amico. Paesi lontani

66 Giuseppe Antonio Borgese. Le belle
67 Luisa Adorno. L'ultima provincia
68 Charles e Mary Lamb. Cinque racconti da Shakespeare
69 Prosper Mérimée. Lokis
70 Charles-Louis de Montesquieu. Storia vera
71 Antonio Tabucchi. Donna di Porto Pim
72 Luciano Canfora. Storie di oligarchi
73 Giani Stuparich. Donne nella vita di Stefano Premuda
74 Wladislaw Terlecki. In fondo alla strada
75 Antonio Fogazzaro. Eden Anto
76 Anonimo. Storia del bellissimo Giuseppe e della sua sposa Aseneth
77 Vanni e Gian Mario Beltrami. Una breve illusione
78 Giorgio Pecorini. Il milite noto
79 Giuseppe Bonaviri. L'incominciamento
80 Leonardo Sciascia. L'affaire Moro
81 Ivàn Turghèniev. Primo amore
82 Nikolàj Leskòv. L'artista del toupet
83 Aleksàndr Puškin. La solitaria casetta sull'isola di Vasilij
84 Michaìl Čulkòv. La cuoca avvenente
85 Anita Loos. I signori preferiscono le bionde
86 Anita Loos. Ma... i signori sposano le brune
87 Angelo Morino. La donna marina
88 Guglielmo Negri. Il risveglio
89 Héctor Bianciotti. L'amore non è amato
90 Joris-Karl Huysmans. Il pensionato signor Bougran
91 André Chénier. Gli altari della paura
92 Luciano Canfora. Il comunista senza partito
93 Antonio Tabucchi. Notturno indiano
94 Jules Verne. L'eterno Adamo
95 Manuel Vázquez Montalbán. Assassinio al Comitato Centrale
96 Julian Stryjkowski. Il sogno di Asril
97 Manuel Puig. Agonia di un decennio, New York '78
98 Victor Zaslavsky. Il dottor Petrov parapsicologo
99 Gesualdo Bufalino. Argo il cieco ovvero I sogni della memoria
100 Leonardo Sciascia. Cronachette
101 Enea Silvio Piccolomini. Storia di due amanti
102 Angelo Rinaldi. L'ultima festa dell'Empire
103 Luisa Adorno. Le dorate stanze
104 James M. Cain. Il bambino nella ghiacciaia

105 Enrico Job. La Palazzina di villeggiatura
106 Antonio Castelli. Passi a piedi passi a memoria
107 Wilkie Collins. Tre storie in giallo
108 Friedrich Glauser. Il grafico della febbre
109 Friedrich Glauser. Il tè delle tre vecchie signore
110 Mary Lavin. Eterna
111 Aldo Alberti. La Rotonda dei Massalongo
112 Senofonte. Le Tavole di Licurgo
113 Leonardo Sciascia. Per un ritratto dello scrittore da giovane
114 Mario Soldati. 24 ore in uno studio cinematografico
115 Denis Diderot. L'uccello bianco. Racconto blu
116 Joseph-Arthur de Gobineau. Adelaide
117 Jurij Tynjanov. Il sottotenente Summenzionato
118 Boris Hazanov. L'ora del re
119 Anatolij Mariengof. I cinici
120 I. Grekova. Parrucchiere per signora
121 Corrado Alvaro. L'Italia rinunzia?
122 Gian Gaspare Napolitano. In guerra con gli scozzesi
123 Giuseppe Antonio Borgese. La città sconosciuta
124 Antonio Aniante. La rosa di zolfo
125 Maria Luisa Aguirre D'Amico. Come si può
126 Sergio Atzeni. Apologo del giudice bandito
127 Domenico Campana. La stanza dello scirocco
128 Aldo Alberti. La Lega delle Dame per il trasferimento del Papato nelle Americhe
129 Friedrich Glauser. Il sergente Studer
130 Matthew Phipps Shiel. Il principe Zaleski
131 Ben Hecht. Delitto senza passione
132 Fernand Crommelynck. La martingala rovesciata
133 Rosa Chacel. Relazione di un architetto
134 Walter De la Mare. L'artigiano ideale
135 Ludwig Achim von Arnim. Passioni olandesi
136 Rudyard Kipling. L'uomo che volle essere Re
137 Senofonte. La tirannide
138 Plutarco. Sertorio
139 Cicerone. La repubblica luminosa
140 Luciano Canfora. La biblioteca scomparsa
141 Etiemble. Tre donne di razza
142 Marco Momigliano. Autobiografia di un Rabbino italiano

143 Irene Brin. Dizionario del successo dell'insuccesso e dei luoghi comuni
144 Giovanni Ruffini. Il dottor Antonio
145 Aleksej Tolstoj. Il conte di Cagliostro
146 Mary Lamb. La scuola della signora Leicester
147 Luigi Capuana. Tortura
148 Ljudmila Shtern. I Dodici Collegi
149 Diario di Esterina
150 Madame de Vandeul. Diderot, mio padre
151 Ortensia Mancini. I piaceri della stupidità
152 Maria Mancini. I dispiaceri del Cardinale
153 Francesco Algarotti. Saggio sopra l'Imperio degl'Incas
154 Alessandro Manzoni. Quell'innominato
155 Jerre Mangione. Ricerca nella notte
156 Friedrich Glauser. Krock & Co.
157 Cami. Le avventure di Lufock Holmes
158 Ivan Gončarov. La malattia malvagia
159 Fausto Pirandello. Piccole impertinenze
160 Vincenzo Consolo. Retablo
161 Piero Calamandrei. La burla di Primavera con altre fiabe, e prose sparse
162 Antonio Tabucchi. I volatili del Beato Angelico
163 Fazil' Iskander. La costellazione del caprotoro
164 Ramón Gómez de la Serna. Le Tre Grazie
165 Corrado Alvaro. La signora dell'isola
166 Nadežda Durova. Memorie del cavalier-pulzella
167 Boris Jampol'skij. La grande epoca
168 Vito Piazza. La valigia sotto il letto
169 Eustachy Rylski. Una provincia sulla Vistola
170 Jerzy Andrzejewski. Le porte del paradiso
171 Madame de Caylus. Souvenirs
172 Principessa Palatina. Lettere
173 Friedrich Glauser. Il Cinese
174 Friedrich Glauser. Il regno di Matto
175 Gianfranco Dioguardi. Ange Goudar contro l'Ancien régime
176 Palmiro Togliatti. Il memoriale di Yalta
177 Mohandas Karamchand Gandhi. Tempio di Verità
178 Seneca. La vita felice
179 John Fante. Una moglie per Dino Rossi
180 Antifonte. La Verità
181 Evgenij Zamjatin. Il destino di un eretico

182 Gaetano Volpi. Del furore d'aver libri
183 Domostroj ovvero La felicità domestica
184 Luigi Capuana. C'era una volta...
185 Roberto Romani. La soffitta del Trianon
186 Athos Bigongiali. Una città proletaria
187 Antoine Rivarol. Piccolo dizionario dei grandi uomini della Rivoluzione
188 Ling Shuhua. Dopo la festa
189 Plutarco. Il simposio dei sette sapienti
190 Plutarco. Anziani e politica
191 Giuseppe Scaraffia. Il mantello di Casanova
192 Enrico Deaglio. Cinque storie quasi vere
193 Aleksandr Bogdanov. La stella rossa
194 Eça de Queiroz-Ramalho Ortigão. Il mistero della strada di Sintra
195 Carlo Panella. Il verbale
196 Severino Cesari. Storie per quattro giornate
197 Charlotte Robespierre. Memorie sui miei fratelli
198 Fazil' Iskander. Oh, Marat!
199 Friedrich Glauser. I primi casi del sergente Studer
200
201 Adalbert Stifter. Pietra calcarea
202 Carlo Collodi. I ragazzi grandi
203 Valery Larbaud. Sotto la protezione di san Girolamo
204 Madame de Duras. Il segreto
205 Jurij Tomin. Magie a Leningrado
206 Enrico Morovich. I giganti marini
207 Edmondo De Amicis. Carmela
208 Luisa Adorno. Arco di luminara
209 Michele Perriera. A presto
210 Geoffrey Holiday Hall. La fine è nota
211 Teresa d'Avila. Meditazioni sul Cantico dei Cantici
212 Mary MacCarthy. Un'infanzia ottocento
213 Giuseppe Tornatore. Nuovo Cinema Paradiso
214 Adriano Sofri. Memoria
215 Carlo Lucarelli. Carta bianca
216 Ameng di Wu. La manica tagliata
217 Athos Bigangioli. Avvertimenti contro il mal di terra
218 Elvira Mancuso. Vecchia storia... inverosimile
219 Eduardo Rebulla. Carte celesti
220 Francesco Berti Arnoaldi. Viaggio con l'amico

221 Julien Benda. L'ordinazione
222 Voltaire. L'America
223 Saga di Eirik il rosso
224 Cristoforo Colombo. Lettere ai reali di Spagna
225 Bernardino de Sahagún. I colloqui dei Dodici
226 Sergio Atzeni. Il figlio di Bakunìn
227 Giuseppe Gangale. Revival
228 Alfredo Panzini. La cagna nera
229 Giovanni Boccaccio, Francesco Petrarca. Griselda
230 Adriano Sofri. L'ombra di Moro
231 Diego Novelli. Una vita sospesa
232 Ousmane Sembène. La Nera di...
233 Eugenio Battisti. Il ricordo d'un canto che non sento
234 Wilkie Collins. Il truffatore truffato
235 Carlo Lucarelli. L'estate torbida
236 Michail Kuzmin. La prodigiosa vita di Giuseppe Bàlsamo, conte di Cagliostro
237 Nelida Milani. Una valigia di cartone
238 David Herbert Lawrence. La volpe
239 Ghassan Kanafani. Uomini sotto il sole
240 Valentino Bompiani. La conchiglia all'orecchio
241 Franco Vegliani. Storie di animali
242 Irene Brin. Le visite
243 Jorge de Sena. La finestra d'angolo
244 Sergio Pitol. Valzer di Mefisto
245 Cesare De Marchi. Il bacio della maestra
246 Salvatore Nicosia. Il segno e la memoria
247 Ramón Pané. Relazione sulle antichità degli indiani
248 Gonzalo Fernández de Oviedo. Sommario della storia naturale delle Indie
249 Pero Vaz de Caminha. Lettera sulla scoperta del Brasile
250 Felipe Guamán Poma de Ayala. Conquista del Regno del Perù
251 Gabriel-François Coyer. Come il prospero Chinki s'immiserì per la ricchezza della nazione
252 David Hume. Il caso di Margaret, detta Peg, unica sorella legittima di John Bull
253 José Bianco. Ombre
254 Marcel Thiry. Distanze
255 Geoffrey Holiday Hall. Qualcuno alla porta
256 Eduardo Rebulla. Linea di terra

257 Igor Man. Gli ultimi cinque minuti
258 Enrico Deaglio. Il figlio della professoressa Colomba
259 Jean Rhys. Smile please
260 Pierre Drieu la Rochelle. Diario di un uomo tradito
261 J. E. Austen-Leigh. Ricordo di Jane Austen
262 Caroline Commanville. Anche mio zio Gustave Flaubert era un letterato
263 Christopher Morley. Il Parnaso ambulante
264 Christopher Morley. La libreria stregata
265 Madame de Grafigny. Lettere di una peruviana
266 Roger de Bussy-Rabutin. Storia amorosa delle Gallie
267 Antonio Tabucchi. Sogni di sogni
268 Arnold Toynbee. Il mondo e l'Occidente
269 Ugo Baduel. L'elmetto inglese
270 Apuleio. Della magia
271 Giacomo Debenedetti. 16 ottobre 1943
272 Antonio Faeti. L'archivio di Abele
273 Maria Messina. L'amore negato
274 Arnaldo Fraccaroli. Tomaso Largaspugna uomo pubblico
275 Laura Pariani. Di corno o d'oro
276 Luisa Adorno. La libertà ha un cappello a cilindro
277 Adriano Sofri. Le prigioni degli altri
278 Renzo Tomatis. Il laboratorio
279 Athos Bigongiali. Veglia irlandese
280 Michail Kuzmin. Le avventure di Aymé Leboeuf
281 Concetto Marchesi. Il libro di Tersite
282 Lorenza Mazzetti. Il cielo cade
283 Marcella Olschki. Terza liceo 1939
284 Maria Occhipinti. Una donna di Ragusa
285 Steno. Sotto le stelle del '44
286 Antonio Tosti. Cri-Kri
287 Daniel Defoe. La vita e le imprese di Sir Walter Raleigh
288 Ronan Sheehan. Il ragazzo con la ferita all'occhio
289 Marcella Cioni. La corimante
290 Marcella Cioni. Il Narciso di Rembrandt
291 Colette. La gatta
292 Carl Djerassi. Il futurista e altri racconti
293 Voltaire. Lettere d'amore alla nipote
294 Tacito. La Germania
295 Friedrich Glauser. Oltre il muro

296 Louise de Vilmorin. I gioielli di Madame de ***
297 Walter De la Mare. La tromba
298 Else Lasker-Schüler. La gatta rossa
299 Cesare De Marchi. La malattia del commissario
300
301 Zlatko Dizdarević. Giornale di guerra
302 Giuseppe Di Lello. Giudici
303 Andrea Camilleri. La forma dell'acqua
304 Andrea Camilleri. La stagione della caccia
305 Robert Louis Stevenson. Lettera al dottor Hyde
306 Robert Louis Stevenson. Weir di Hermiston
307 Dashiell Hammett. La ragazza dagli occhi d'argento
308 Carlo Bini. Manoscritto di un prigioniero
309 Vittorio Alfieri. Mirandomi in appannato specchio
310 Silvio d'Amico. Regina Coeli
311 Manuel Vázquez Montalbán. Il pianista
312 Ugo Pirro. Osteria dei pittori
313 Irene Brin. Cose viste 1938-1939
314 Enrique Vila-Matas. Suicidi esemplari
315 Sergio Pitol. La vita coniugale
316 Luis G. Martín. Gli oscuri
317 William Somerset Maugham. La villa sulla collina
318 James Barlow. Torno presto
319 Israel Zangwill. Il grande mistero di Bow
320 Pierluigi Celli. Il manager avveduto
321 Renato Serra. Esame di coscienza di un letterato
322 Sulayman Fayyad. Voci
323 Alessandro Defilippi. Una lunga consuetudine
324 Giuseppe Bonaviri. Il dottor Bilob
325 Antonio Tabucchi. Gli ultimi tre giorni di Fernando Pessoa
326 Denis Diderot. Il sogno di d'Alembert. Seguito da Il sogno di una rosa di Eugenio Scalfari
327 Marc Soriano. La settimana della cometa
328 Sebastiano Addamo. Non si fa mai giorno
329 Giovanni Ferrara. Il senso della notte
330 Eduardo Rebulla. Segni di fuoco
331 Andrea Camilleri. Il birraio di Preston
332 Isabelle, Véronique e Marc Soriano. Il Testamour o dei rimedi alla malinconia
333 Maurice Druon. Il bambino dai pollici verdi

334 George Meredith. Il racconto di Cloe
335 Sergio Marzorati. Ritorno a Zagabria
336 Enrico Job. Il pittore felice
337 Laura Pariani. Il pettine
338 Marco Ferrari. Alla rivoluzione sulla Due Cavalli
339 Luisa Adorno. Come a un ballo in maschera
340 Daria Galateria. Il tè a Port-Royal
341 James Hilton. Orizzonte perduto
342 Henry Rider Haggard. Lei
343 Henry Rider Haggard. Il ritorno di Lei
344 Maurizio Valenzi. C'è Togliatti!
345 Laura Pariani. La spada e la luna
346 Michele Perriera. Delirium cordis
347 Marisa Fenoglio. Casa Fenoglio
348 Friedrich Glauser. Morfina
349 Annie Messina. La principessa e il wâlî
350 Giovanni Ferrara. La sosta
351 Romain Colomb. Stendhal, mio cugino
352 Vito Piazza. Milanesi non si nasce
353 Marco Denevi. Rosaura alle dieci
354 Robert Louis Stevenson. Ricordo di Fleeming Jenkin
355 Andrea Camilleri. Il cane di terracotta
356 Francesco Bacone. Saggi
357 Wilkie Collins. Testimone d'accusa
358 Santo Piazzese. I delitti di via Medina-Sidonia
359 Patricia Highsmith. La casa nera
360 Racconti gialli
361 L'almanacco del delitto
362 Baronessa Orczy. Il vecchio nell'angolo
363 Jean Giono. La fine degli eroi
364 Carlo Lucarelli. Via delle Oche
365 Sergio Atzeni. Bellas mariposas
366 José Martí. Il processo Guiteau
367 Marcella Olschki. Oh, America!
368 Franco Vegliani. La frontiera
369 Maria Messina. Pettini-fini
370 Maria Messina. Le briciole del destino
371 Maria Messina. Il guinzaglio
372 Gesualdo Bufalino. La luce e il lutto

373 Christopher Morley. La macchina da scrivere
374 Andrea Camilleri. Il ladro di merendine
375 Pino Di Silvestro. Le epigrafi di Leonardo Sciascia
376 Francis Scott Fitzgerald. La crociera del Rottame Vagante
377 Franz Kafka. Sogni
378 Andrea Camilleri. Un filo di fumo
379 Annie Messina. Il banchetto dell'emiro
380 Lucio Anneo Seneca. Alla madre
381 Tommaso Di Ciaula. Acque sante, acque marce
382 Giovanni Papapietro. L'amica di mia madre
383 Ignazio Buttitta. La vera storia di Salvatore Giuliano
384 Giovanni di Alta Selva. Dolopato ovvero Il re e i sette sapienti
385 Andrea Camilleri. La bolla di componenda
386 Daphne du Maurier. Non voltarti
387 Daphne du Maurier. Gli uccelli
388 Daphne du Maurier. L'alibi
389 Julia Kristeva. Una donna decapitata
390 Alessandro Perissinotto. L'anno che uccisero Rosetta
391 Maurice Leblanc. Arsène Lupin contro la Mafia
392 Carolyn G. Hart. Morte in libreria
393 Fabrizio Canfora, Gotthold Ephraim Lessing. L'educazione del genere umano
394 Maria Messina. Ragazze siciliane
395 Maria Messina. Piccoli gorghi
396 Federico De Roberto. La sorte
397 Federico De Roberto. Processi verbali
398 Andrea Camilleri. La strage dimenticata
399 Andrea Camilleri. Il gioco della mosca
400
401 Andrea Camilleri. La voce del violino
402 Goliarda Sapienza. Lettera aperta
403 Marisa Fenoglio. Vivere altrove
404 Luigi Filippo d'Amico. Il cappellino
405 Irvine Welsh. La casa di John il Sordo
406 Giovanni Ferrara. La visione
407 Andrea Camilleri. La concessione del telefono
408 Antonio Tabucchi. La gastrite di Platone
409 Giuseppe Pitrè, Leonardo Sciascia. Urla senza suono. Graffiti e disegni dei prigionieri dell'Inquisizione

410 Tullio Pinelli. La casa di Robespierre
411 Mathilde Mauté. Moglie di Verlaine
412 Maria Messina. Personcine
413 Pierluigi Celli. Addio al padre
414 Santo Piazzese. La doppia vita di M. Laurent
415 Luciano Canfora. La lista di Andocide
416 D. J. Taylor. L'accordo inglese
417 Roberto Bolaño. La letteratura nazista in America
418 Rodolfo Walsh. Variazioni in rosso
419 Penelope Fitzgerald. Il fiore azzurro
420 Gaston Leroux. La poltrona maledetta
421 Maria Messina. Dopo l'inverno
422 Maria Cristina Faraoni. I giorni delle bisce nere
423 Andrea Camilleri. Il corso delle cose
424 Anthelme Brillat-Savarin. Fisiologia del gusto
425 Friedrich Christian Delius. La passeggiata da Rostock a Siracusa
426 Penelope Fitzgerald. La libreria
427 Boris Vian. Autunno a Pechino
428 Marco Ferrari. Ti ricordi Glauber
429 Salvatore Nicosia. Peppe Radar
430 Sergej Dovlatov. Straniera
431 Marco Ferrari. I sogni di Tristan
432 Ignazio Buttitta. La mia vita vorrei scriverla cantando
433 Sergio Atzeni. Raccontar fole
434 Leonardo Sciascia. Fatti diversi di storia letteraria e civile
435 Luisa Adorno. Sebben che siamo donne...
436 Philip K. Dick. Le tre stimmate di Palmer Eldritch
437 Philip K. Dick. Tempo fuori luogo
438 Adriano Sofri. Piccola posta
439 Jorge Ibargüengoitia. Due delitti
440 Rex Stout. Il guanto
441 Marco Denevi. Assassini dei giorni di festa
442 Margaret Doody. Aristotele detective
443 Noël Calef. Ascensore per il patibolo
444 Marie Belloc Lowndes. Il pensionante
445 Celia Dale. In veste di agnello
446 Ugo Pirro. Figli di ferroviere
447 Penelope Fitzgerald. L'inizio della primavera
448 Giuseppe Pitrè. Goethe in Palermo

449 Sergej Dovlatov. La valigia
450 Giulia Alberico. Madrigale
451 Eduardo Rebulla. Sogni d'acqua
452 Maria Attanasio. Di Concetta e le sue donne
453 Giovanni Verga. Felis-Mulier
454 Friedrich Glauser. La negromante di Endor
455 Ana María Matute. Cavaliere senza ritorno
456 Roberto Bolaño. Stella distante
457 Ugo Cornia. Sulla felicità a oltranza
458 Maurizio Barbato. Thomas Jefferson o della felicità
459 Il compito di latino. Nove racconti e una modesta proposta
460 Giuliana Saladino. Romanzo civile
461 Madame d'Aulnoy. La Bella dai capelli d'oro e altre fiabe
462 Andrea Camilleri. La gita a Tindari
463 Sergej Dovlatov. Compromesso
464 Thomas Hardy. Piccole ironie della vita
465 Luciano Canfora. Un mestiere pericoloso
466 Gian Carlo Fusco. Le rose del ventennio
467 Nathaniel Hawthorne. Lo studente
468 Alberto Vigevani. La febbre dei libri
469 Dezső Kosztolányi. Allodola
470 Joan Lindsay. Picnic a Hanging Rock
471 Manuel Puig. Una frase, un rigo appena
472 Penelope Fitzgerald. Il cancello degli angeli
473 Marcello Sorgi. La testa ci fa dire. Dialogo con Andrea Camilleri
474 Pablo De Santis. Lettere e filosofia
475 Alessandro Perissinotto. La canzone di Colombano
476 Marta Franceschini. La discesa della paura
477 Margaret Doody. Aristotele e il giavellotto fatale
478 Osman Lins. L'isola nello spazio
479 Alicia Giménez-Bartlett. Giorno da cani
480 Josephine Tey. La figlia del tempo
481 Manuel Puig. The Buenos Aires Affair
482 Silvina Ocampo. Autobiografia di Irene
483 Louise de Vilmorin. La lettera in un taxi
484 Marinette Pendola. La riva lontana
485 Camilo Castelo Branco. Amore di perdizione
486 Pier Antonio Quarantotti Gambini. L'onda dell'incrociatore
487 Sergej Dovlatov. Noialtri

488 Ugo Pirro. Le soldatesse
489 Berkeley, Dorcey, Healy, Jordan, MacLaverty, McCabe, McGahern, Montague, Morrissy, Ó Cadhain, Ó Dúill, Park, Redmond. Irlandesi
490 Di Giacomo, Dossi, Moretti, Neera, Negri, Pariani, Pirandello, Prosperi, Scerbanenco, Serao, Tozzi. Maestrine. Dieci racconti e un ritratto
491 Margaret Doody. Aristotele e la giustizia poetica
492 Theodore Dreiser. Un caso di coscienza
493 Roberto Bolaño. Chiamate telefoniche
494 Aganoor, Bernardini, Contessa Lara, Guglielminetti, Jolanda, Prosperi, Regina di Luanto, Serao, Térésah, Vertua Gentile. Tra letti e salotti
495 Antonio Pizzuto. Si riparano bambole
496 Paola Pitagora. Fiato d'artista
497 Vernon Lee. Dionea e altre storie fantastiche
498 Ugo Cornia. Quasi amore
499 Luigi Settembrini. I Neoplatonici
500
501 Alessandra Lavagnino. Una granita di caffè con panna
502 Prosper Mérimée. Lettere a una sconosciuta
503 Le storie di Giufà
504 Giuliana Saladino. Terra di rapina
505 Guido Gozzano. La signorina Felicita e le poesie dei «Colloqui»
506 Ackworth, Forsyth, Harrington, Holding, Melyan, Moyes, Rendell, Stoker, Vickers, Wells, Woolf, Zuroy. Il gatto di miss Paisley. Dodici racconti gialli con animali
507 Andrea Camilleri. L'odore della notte
508 Dashiell Hammett. Un matrimonio d'amore
509 Augusto De Angelis. Il mistero delle tre orchidee
510 Wilkie Collins. La follia dei Monkton
511 Pablo De Santis. La traduzione
512 Alicia Giménez-Bartlett. Messaggeri dell'oscurità
513 Elisabeth Sanxay Holding. Una barriera di vuoto
514 Gian Mauro Costa. Yesterday
515 Renzo Segre. Venti mesi
516 Alberto Vigevani. Estate al lago
517 Luisa Adorno, Daniele Pecorini-Manzoni. Foglia d'acero
518 Gian Carlo Fusco. Guerra d'Albania
519 Alejo Carpentier. Il secolo dei lumi
520 Andrea Camilleri. Il re di Girgenti

521 Tullio Kezich. Il campeggio di Duttogliano
522 Lorenzo Magalotti. Saggi di naturali esperienze
523 Angeli, Bazzero, Contessa Lara, De Amicis, De Marchi, Deledda, Di Giacomo, Fleres, Fogazzaro, Ghislanzoni, Marchesa Colombi, Molineri, Pascoli, Pirandello, Tarchetti. Notti di dicembre. Racconti di Natale dell'Ottocento
524 Lionello Massobrio. Dimenticati
525 Vittorio Gassman. Intervista sul teatro
526 Gabriella Badalamenti. Come l'oleandro
527 La seduzione nel Celeste Impero
528 Alicia Giménez-Bartlett. Morti di carta
529 Margaret Doody. Gli alchimisti
530 Daria Galateria. Entre nous
531 Alessandra Lavagnino. Le bibliotecarie di Alessandria
532 Jorge Ibargüengoitia. I lampi di agosto
533 Carola Prosperi. Eva contro Eva
534 Viktor Šklovskij. Zoo o lettere non d'amore
535 Sergej Dovlatov. Regime speciale
536 Chiusole, Eco, Hugo, Nerval, Musil, Ortega y Gasset. Libri e biblioteche
537 Rodolfo Walsh. Operazione massacro
538 Turi Vasile. La valigia di fibra
539 Augusto De Angelis. L'Albergo delle Tre Rose
540 Franco Enna. L'occhio lungo
541 Alicia Giménez-Bartlett. Riti di morte
542 Anton Čechov. Il fiammifero svedese
543 Penelope Fitzgerald. Il Fanciullo d'oro
544 Giorgio Scerbanenco. Uccidere per amore
545 Margaret Doody. Aristotele e il mistero della vita
546 Gianrico Carofiglio. Testimone inconsapevole
547 Gilbert Keith Chesterton. Come si scrive un giallo
548 Giulia Alberico. Il gioco della sorte
549 Angelo Morino. In viaggio con Junior
550 Dorothy Wordsworth. I diari di Grasmere
551 Giles Lytton Strachey. Ritratti in miniatura
552 Luciano Canfora. Il copista come autore
553 Giuseppe Prezzolini. Storia tascabile della letteratura italiana
554 Gian Carlo Fusco. L'Italia al dente
555 Marcella Cioni. La porta tra i delfini

556 Marisa Fenoglio. Mai senza una donna
557 Ernesto Ferrero. Elisa
558 Santo Piazzese. Il soffio della valanga
559 Penelope Fitzgerald. Voci umane
560 Mary Cholmondeley. Il gradino più basso
561 Anthony Trollope. L'amministratore
562 Alberto Savinio. Dieci processi
563 Guido Nobili. Memorie lontane
564 Giuseppe Bonaviri. Il vicolo blu
565 Paolo D'Alessandro. Colloqui
566 Alessandra Lavagnino. I Daneu. Una famiglia di antiquari
567 Leonardo Sciascia scrittore editore ovvero La felicità di far libri
568 Alexandre Dumas. Ascanio
569 Mario Soldati. America primo amore
570 Andrea Camilleri. Il giro di boa
571 Anatole Le Braz. La leggenda della morte
572 Penelope Fitzgerald. La casa sull'acqua
573 Sergio Atzeni. Gli anni della grande peste
574 Roberto Bolaño. Notturno cileno
575 Alicia Giménez-Bartlett. Serpenti nel Paradiso
576 Alessandro Perissinotto. Treno 8017
577 Augusto De Angelis. Il mistero di Cinecittà
578 Françoise Sagan. La guardia del cuore
579 Gian Carlo Fusco. Gli indesiderabili
580 Pierre Boileau, Thomas Narcejac. La donna che visse due volte
581 John Mortimer. Avventure di un avvocato
582 François Fejtö. Viaggio sentimentale
583 Pietro Verri. A mia figlia
584 Toni Maraini. Ricordi d'arte e prigionia di Topazia Alliata
585 Andrea Camilleri. La presa di Macallè
586 Guillaume Prévost. I sette delitti di Roma
587 Margaret Doody. Aristotele e l'anello di bronzo
588 Guido Gozzano. Fiabe e novelline
589 Gaetano Savatteri. La ferita di Vishinskij
590 Gianrico Carofiglio. Ad occhi chiusi
591 Ana María Matute. Piccolo teatro
592 Mario Soldati. I racconti del Maresciallo
593 Benedetto Croce. Luisa Sanfelice e la congiura dei Baccher
594 Roberto Bolaño. Puttane assassine

595 Giorgio Scerbanenco. La mia ragazza di Magdalena
596 Elio Petri. Roma ore 11
597 Raymond Radiguet. Il ballo del conte d'Orgel
598 Penelope Fitzgerald. Da Freddie
599 Poesia dell'Islam
600
601 Augusto De Angelis. La barchetta di cristallo
602 Manuel Puig. Scende la notte tropicale
603 Gian Carlo Fusco. La lunga marcia
604 Ugo Cornia. Roma
605 Lisa Foa. È andata così
606 Vittorio Nisticò. L'Ora dei ricordi
607 Pablo De Santis. Il calligrafo di Voltaire
608 Anthony Trollope. Le torri di Barchester
609 Mario Soldati. La verità sul caso Motta
610 Jorge Ibargüengoitia. Le morte
611 Alicia Giménez-Bartlett. Un bastimento carico di riso
612 Luciano Folgore. La trappola colorata
613 Giorgio Scerbanenco. Rossa
614 Luciano Anselmi. Il palazzaccio
615 Guillaume Prévost. L'assassino e il profeta
616 John Ball. La calda notte dell'ispettore Tibbs
617 Michele Perriera. Finirà questa malìa?
618 Alexandre Dumas. I Cenci
619 Alexandre Dumas. I Borgia
620 Mario Specchio. Morte di un medico
621 Giorgio Frasca Polara. Cose di Sicilia e di siciliani
622 Sergej Dovlatov. Il Parco di Puškin
623 Andrea Camilleri. La pazienza del ragno
624 Pietro Pancrazi. Della tolleranza
625 Edith de la Héronnière. La ballata dei pellegrini
626 Roberto Bassi. Scaramucce sul lago Ladoga
627 Alexandre Dumas. Il grande dizionario di cucina
628 Eduardo Rebulla. Stati di sospensione
629 Roberto Bolaño. La pista di ghiaccio
630 Domenico Seminerio. Senza re né regno
631 Penelope Fitzgerald. Innocenza
632 Margaret Doody. Aristotele e i veleni di Atene
633 Salvo Licata. Il mondo è degli sconosciuti

634 Mario Soldati. Fuga in Italia
635 Alessandra Lavagnino. Via dei Serpenti
636 Roberto Bolaño. Un romanzetto canaglia
637 Emanuele Levi. Il giornale di Emanuele
638 Maj Sjöwall, Per Wahlöö. Roseanna
639 Anthony Trollope. Il Dottor Thorne
640 Studs Terkel. I giganti del jazz
641 Manuel Puig. Il tradimento di Rita Hayworth
642 Andrea Camilleri. Privo di titolo
643 Anonimo. Romanzo di Alessandro
644 Gian Carlo Fusco. A Roma con Bubù
645 Mario Soldati. La giacca verde
646 Luciano Canfora. La sentenza
647 Annie Vivanti. Racconti americani
648 Piero Calamandrei. Ada con gli occhi stellanti. Lettere 1908-1915
649 Budd Schulberg. Perché corre Sammy?
650 Alberto Vigevani. Lettera al signor Alzheryan
651 Isabelle de Charrière. Lettere da Losanna
652 Alexandre Dumas. La marchesa di Ganges
653 Alexandre Dumas. Murat
654 Constantin Photiadès. Le vite del conte di Cagliostro
655 Augusto De Angelis. Il candeliere a sette fiamme
656 Andrea Camilleri. La luna di carta
657 Alicia Giménez-Bartlett. Il caso del lituano
658 Jorge Ibargüengoitia. Ammazzate il leone
659 Thomas Hardy. Una romantica avventura
660 Paul Scarron. Romanzo buffo
661 Mario Soldati. La finestra
662 Roberto Bolaño. Monsieur Pain
663 Louis-Alexandre Andrault de Langeron. La battaglia di Austerlitz
664 William Riley Burnett. Giungla d'asfalto
665 Maj Sjöwall, Per Wahlöö. Un assassino di troppo
666 Guillaume Prévost. Jules Verne e il mistero della camera oscura
667 Honoré de Balzac. Massime e pensieri di Napoleone
668 Jules Michelet, Athénaïs Mialaret. Lettere d'amore
669 Gian Carlo Fusco. Mussolini e le donne
670 Pier Luigi Celli. Un anno nella vita
671 Margaret Doody. Aristotele e i Misteri di Eleusi
672 Mario Soldati. Il padre degli orfani

673 Alessandra Lavagnino. Un inverno. 1943-1944
674 Anthony Trollope. La Canonica di Framley
675 Domenico Seminerio. Il cammello e la corda
676 Annie Vivanti. Marion artista di caffè-concerto
677 Giuseppe Bonaviri. L'incredibile storia di un cranio
678 Andrea Camilleri. La vampa d'agosto
679 Mario Soldati. Cinematografo
680 Pierre Boileau, Thomas Narcejac. I vedovi
681 Honoré de Balzac. Il parroco di Tours
682 Béatrix Saule. La giornata di Luigi XIV. 16 novembre 1700
683 Roberto Bolaño. Il gaucho insostenibile
684 Giorgio Scerbanenco. Uomini ragno
685 William Riley Burnett. Piccolo Cesare
686 Maj Sjöwall, Per Wahlöö. L'uomo al balcone
687 Davide Camarrone. Lorenza e il commissario
688 Sergej Dovlatov. La marcia dei solitari
689 Mario Soldati. Un viaggio a Lourdes
690 Gianrico Carofiglio. Ragionevoli dubbi
691 Tullio Kezich. Una notte terribile e confusa
692 Alexandre Dumas. Maria Stuarda
693 Clemente Manenti. Ungheria 1956. Il cardinale e il suo custode
694 Andrea Camilleri. Le ali della sfinge
695 Gaetano Savatteri. Gli uomini che non si voltano
696 Giuseppe Bonaviri. Il sarto della stradalunga
697 Constant Wairy. Il valletto di Napoleone
698 Gian Carlo Fusco. Papa Giovanni
699 Luigi Capuana. Il Raccontafiabe
700
701 Angelo Morino. Rosso taranta
702 Michele Perriera. La casa
703 Ugo Cornia. Le pratiche del disgusto
704 Luigi Filippo d'Amico. L'uomo delle contraddizioni. Pirandello visto da vicino
705 Giuseppe Scaraffia. Dizionario del dandy
706 Enrico Micheli. Italo
707 Andrea Camilleri. Le pecore e il pastore
708 Maria Attanasio. Il falsario di Caltagirone
709 Roberto Bolaño. Anversa
710 John Mortimer. Nuovi casi per l'avvocato Rumpole

711 Alicia Giménez-Bartlett. Nido vuoto
712 Toni Maraini. La lettera da Benares
713 Maj Sjöwall, Per Wahlöö. Il poliziotto che ride
714 Budd Schulberg. I disincantati
715 Alda Bruno. Germani in bellavista
716 Marco Malvaldi. La briscola in cinque
717 Andrea Camilleri. La pista di sabbia
718 Stefano Vilardo. Tutti dicono Germania Germania
719 Marcello Venturi. L'ultimo veliero
720 Augusto De Angelis. L'impronta del gatto
721 Giorgio Scerbanenco. Annalisa e il passaggio a livello
722 Anthony Trollope. La Casetta ad Allington
723 Marco Santagata. Il salto degli Orlandi
724 Ruggero Cappuccio. La notte dei due silenzi
725 Sergej Dovlatov. Il libro invisibile
726 Giorgio Bassani. I Promessi Sposi. Un esperimento